小説

北朝鮮・清津国民学校

上野正見

花伝社

小説　北朝鮮・清津国民学校——目次

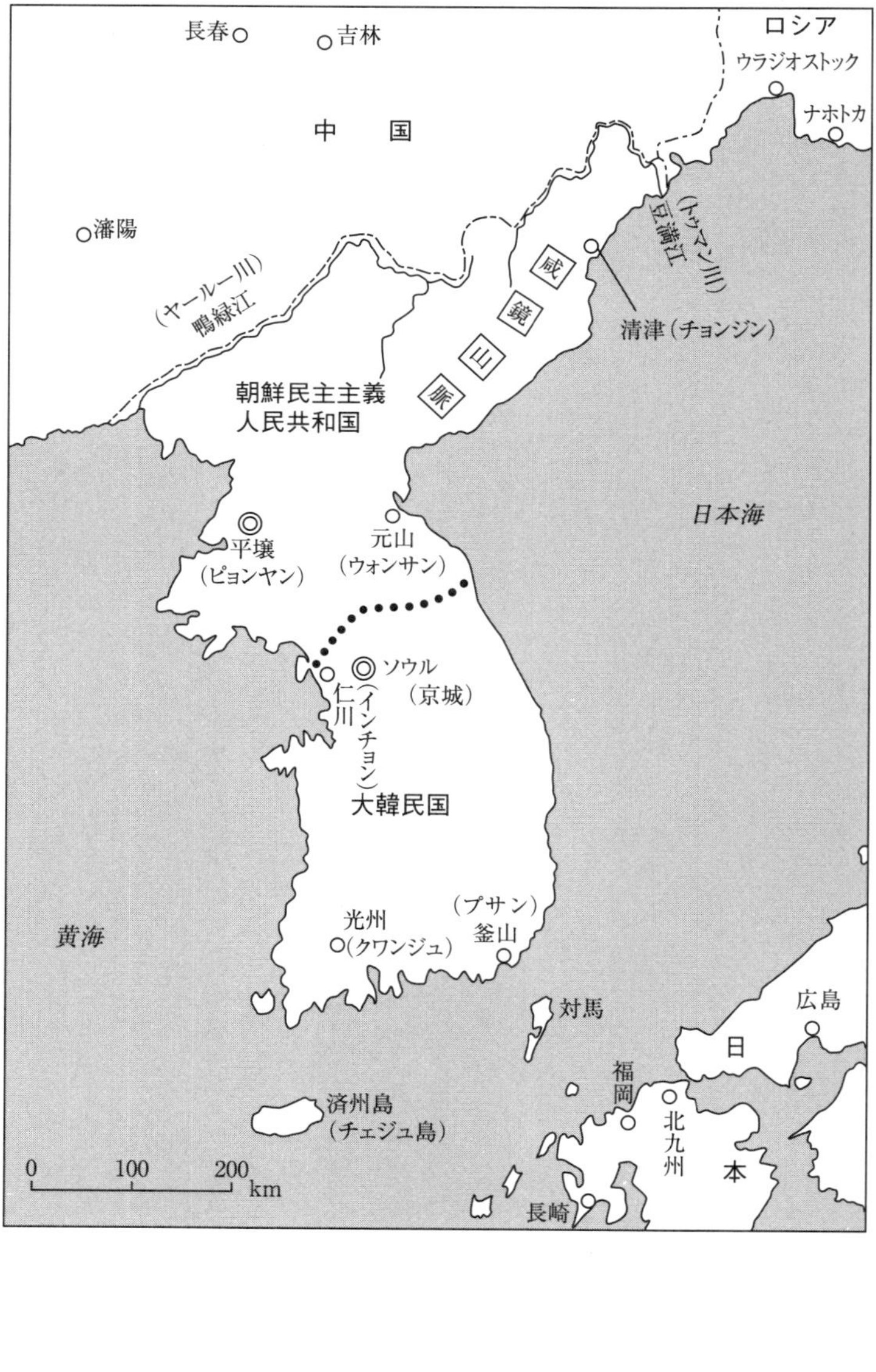
長春
吉林
ロシア
ウラジオストック
ナホトカ
中　国
瀋陽
（ヤールー川）
鴨緑江
（トゥマン川）
豆満江
咸
鏡
山
脈
清津（チョンジン）
朝鮮民主主義
人民共和国
日本海
平壌
（ピョンヤン）
元山
（ウォンサン）
ソウル
（京城）
仁川
（インチョン）
大韓民国
黄海
光州
（クワンジュ）
（プサン）
釜山
対馬
広島
日
本
福岡
北九州
長崎
済州島
（チェジュ島）
0
100
200
km

序章　黄ばんだ袋

一九九〇年。喧騒の東京も五月は美しい。

靖国神社から北の丸公園一帯の涼やかな夕風に梢が揺れていた。

新聞記者の友人阿久津から電話をうけ、夕方、川口武は日の長さを楽しみながら堀端をまわり、時間をかけて飯田橋付近の一杯飲み屋に向かった。

チラホラと、しかし華やかに点灯しはじめていたネオンの中に電光ニュースが、韓国盧《ノ》泰愚《テウ》大統領と天皇の会見のことを伝えていた。

「わが国によってもたらされたこの不幸な時期に、貴国の人々が味わわれた苦しみを思い、私は痛惜の念を禁じえない」

天皇の謝罪の言葉が盧泰愚大統領の訪日を巡る問題になっていた。天皇は右の言葉で、一九四五年まで三十六年間つづいた日本の朝鮮に対する植民地支配を謝罪したのである。九段坂を数人の小学生がにぎやかに駆け降りていった。遊び過ぎたのか、課外活動なのか、この辺は学校も多い。

カウンターに座るやいなや、阿久津はポケットから封筒をとりだした。

「おまえ、たしか北朝鮮の生まれだったな」

封筒から数枚の写真をとりだして、その一枚を武に渡しながら阿久津は聞いた。

「うむ、それがどうした」

「これを見てくれ」

はじめはなんだか分からなかったが、よく見ると机の上にのった黄ばんだ袋が写っている。その袋の上になにか字が見えて「清津」という文字が明瞭に読みとれた。

「なんだ、これは」

ふっと動いた私の表情を見て阿久津が言った。

「せいつ、いや、きよつ、ていうのかな」

「いや、せいしんだ。朝鮮語ではチョンジンだ。俺の生まれた町だ。北朝鮮の東海岸にある」

「そうか。やっぱり」

阿久津はちょっと身を離して、まじまじと武の顔を見つめた。

「……？」

「ま、実はな」

阿久津はぐいと盃をあけた。

この袋は阿久津の新聞社の記者が中国の瀋陽《しんよう》を訪れたとき、現地で、ある女性に見せられたというのである。

「その女性はな、中国のいわば公務員でちゃんとした人なんだが、お母さんがこの清津《せいしん》というところに居たというんだな。そのお母さんという方はもう亡くなっている」

亡くなったお母さんは、この袋を終戦の八歳のときに、ある日本人の男の子から受け取った。お母さんはその人と再会することを待ち望んでいたが、それを果たせないで亡くなったという。

「じゃ、朝鮮にいた中国人なのかな」

「いや、お母さんは朝鮮の人なんだが、娘さんは中国人と結婚して瀋陽にきている」

「……」

「彼女の母親はこの袋を随分大切にしていたらしい。その日本人に対しては特別の思いがあったらしいと、その娘さんはいうんだな」

「うむ、好奇心か。それとも物好きというのかな」

「記者魂とでもいってもらいたいね」

阿久津は手酌の盃を口に運びながら笑った。

「それにこれだけでは分からない。この下に何か書いてあるらしいが読めないだろう」

武はポケットから老眼鏡のケースを出すと鼻にかけて、もう一度写真をのぞき込んだ。情けないが、老眼鏡を最近では手放せなくなった。

それにしても終戦から四十五年もたっているのである。字が残っていることさえ奇跡である。袋が黄ばんだ袋であることは分かるが、もともと無地なのか模様は見えない。

「簡単な方法なんだが、現地のさる機関で袋にX線をあててみた。それがこれだ」

阿久津はもう一枚の写真をかざした。

これは白黒の写真である。その中にこんどは字が白く浮かび上がっていた。

「清津」の字から離れてひとつは「校」と読めた。あとは何か書いているらしいが白く滲んでよく見えない。一緒にのぞき込んでいた阿久津が、その中のある字を指しながら言った。

「ここの字はこういう字だよ。〝萬〟と読めないか」

指でカウンターの上に書く。

「なるほど」

「その下は〝人〟だ。ひとだ」

武の息がはっと止まった。

茫々四十五年の歳月が一瞬で縮まった。こんなことがあるだろうか。

清津公立国民学校

隣組・第十三分隊

戦争が激しくなって武の通う朝鮮咸鏡北道清津府《かんきょうほくどうせいしんふ》の清津《せいしん》公立国民学校（小学校）では五時限以降の生徒はまとめて帰すことにしていた。

五時限は二時に終わる。五時限までの生徒であっても、六時限が終わるまでは校門の外に出て帰宅することができない。三時三〇分ころ、六時限が終わり校内に残っていた全校生徒が校庭に集合する終礼がある。

生徒たちは隣組の分隊ごとに整列して、「ちゃんぱん」だの「天狗」だの「出目金」だの「そもそも」だの、「ちんかい」「しびはら」「ぼっちゃん」「栗ちょん」「げんでん」「電柱」「とんでんへい」「あかちん」「たくわん」等々、さまざまな先生のお話を慎んで聞かされてから、歌を歌いながら隊伍を組んでざっくざっくざくと歩調をとり校門をでる。

歌は「箱根の山は天下の険」であることもあるし、「しーひゃく余州をこーぞる十万余騎のてきー」という「元寇」であることもあるし、「つーばさ、翼、かがやく翼、そーらはあーじあをおーこす道」という新しい軍歌であることもある。

時には、校門の横にその日のきわめつけの腕白小僧がさらし者になっている。ひとりということはめったにないが、三〜四人、たまには十四〜五人もいる。

「小人閑居シテ」の諺ではないが、終礼まで校内で遊んで待っている時が問題なのである。校則が犯されるふらちな事件は、ほぼ九割がたこの時に発生する。少年たちのみなぎる血潮がつい校則の垣根を越えてしまうのである。一罰百戒と考えている教師たちは相応《ふさわ》しい少年を選んでみせしめにした。

校門の前で各分隊の班長が威勢よく号令をかける。

「ぶんたーい、歩調とれーっ」

各分隊は、大概はしょんぼり、中には昂然たるつらだましいで立っているさらし者の生徒に、いっせいに畏敬の「頭右（かしらみぎ）」をしながら校門をでていく。

第十三分隊に多いことであるが、分隊長以下十数名がごっそりと、立たされていることがある。こういう時には順次年長者が指揮を取る。すべて軍隊式である。上級の女生徒が鈴のような声を張り上げたことがあった。

「ほちょーとれっ」

この近くでは生徒たちの登下校の様子は名物になっている。この日も校門の前に蝟集《いしゅう》していた大人たちが驚いて伸びあがった。

一日の腕白戦争で男たちをすっかり討ち減らされた女生徒ばかりの分隊が、体の小さい低学年の子供たちを護り包んで、それでも目いっぱいに威勢よく足をあげ、手を振ってざっくざっくと校門を通過していった。

校長の西川藤作は登下校のおり、しばしば校門の横に立って生徒たちの敬礼をうけた。頭も体もすべて丸々とした校長は生徒の敬礼におだやかな敬礼を返す。

入学児駆けてきて二度敬礼す　東山

これは夕方ではなく朝の風景であろうか。ぴかぴかの一年生も挙手の敬礼をする決戦下。まるやかな笑顔を返したであろう東山は西川藤作の俳号である。

俳号ではないが、西川は「逆蛍（さかぼたる）」と「はえす」という尊称ももっている。生徒がたてまつったもので「逆蛍」とは蛍のお尻とは反対に頭がつやつやと光っているからで、それも蠅がすべるほどよく禿げているというので、「はえす」という。ついでに校長賛歌もある。

校門から次第に遠くなり見送る校長の姿も見えなくなると、隊列は次第に乱れてくる。女の子はいままで隠し持っていたお手玉をとりだしたり、あやとりをしながらぺちゃくちゃお喋りをはじめる。

帝国軍隊なら古兵にあたる五～六年生の上級学年の少年たちの列はさらに乱れ、だらだらと横にひろがって歩く。

校門をでるときには歩武《ほぶ》堂々と轟いた軍歌もなにがなにやら分からなくなる。

「箱根山」は「なんだかんだ神田橋」になり、「つばさ、翼、かがやく翼」は「ずぼん、ずぼん、輝くずぼん」になる。配給の人絹のずぼんはすぐにてらてらに光りだす。

「みよ東海の空あけて」という愛国行進曲は
「みよ藤作の禿げあたまー、旭日たかくかがやけば　頭の上で運動会、すべって　ころんで一等賞」と変わる。これが最近のヒットソング、校長賛歌である。

「かあいいスーチャンと泣きわかれー」

頓狂な声をあげて酔っぱらいの真似をしてあるく子供もいた。


第十三分隊、分隊長福島萬人（しげと）十二歳。清津公立国民学校六年生。背は一五四センチ、横太り、体重は六〇キロを優に超える。

「でぶ」ではあるが、かっちりとした固太りである。

抜群の腕力を持ち運動場でも敏捷な動きを見せる。二年年長の高等科二年の生徒とくみうちをやって、みごとにねじ伏せたことがある。

春が来るとこの町は「蒙古風」という黄塵が舞う。終礼がはじまるのを待つ子供たちが「蒙古風」がつくるつむじ風のようにボールの取り合いをはじめた。はじめは五〜六人であったが一人、二人と加わって、やがて数十人の大集団が紅白に分かれてボールの奪いあいをするようになった。

これが面白くてたまらない。熱病のように六年生の男子全員をまきこんだ。

運動場の東南にある土俵の赤柱が赤軍の陣地、北西の校門の脇、音楽室の横のポプラの幹が白軍の陣地。ボールを持って敵軍に突入し敵のゴールにボールを叩きつければ勝ちという単純なルールが出来上がるまで時間はかからなかった。

他に難しいルールはなにもない。

ラクビーのようにボールを前に投げてはいけないということはない。ボールを持たない子供にタックルしてはならないということもない。敵と見たら猛然と組みついてボールに近づけないようにすることも自由。

オフサイドなんていうややこしいルールはもちろんない。

要するにしてはならないというルールはなにもない、勝つためならなんでもやるべしという、いかにも決戦下の少国民にふさわしい競技になった。

目下敵国になっているアメリカのフットボールに似ているが、オフェンスもディフェンスも区分なし。攻守は流動的に変化する。

第一、タッチラインというものがない。グランドはおろかグランド脇の防空壕の上、スタンドの上、砂場の中、およそ格闘のできるところのすべてが戦場である。昇降口になだれこんで大格闘戦を演じたこともある。この時は数十人の生徒が、校門の脇で下校する後輩たちのさらし者になった。

定員もない。帽子のつばを後ろにすれば白軍、被らないいがぐり頭が赤軍である。はじめは終礼の時間を待つ間にはじまった競技であったが、間もなく長い昼休みにも猛烈な戦闘が荒れ狂うようになった。このときは食事が終わったものから順次参加するから、人数も流動的である。紅白が同人数というわけにはいかない。

自然にクラス別に分かれたりするので、このときは両軍はクラスの名誉をかけて猛然とグランドを駆けた。

たまたま学校で推奨した予科練の映画の場面でこれに似た競技があった。以来、だれが言うともなくこの競技に「海軍式蹴球《しゅうきゅう》」という名がついた。

映画では、荒鷲の卵たちが熱球を追っていた。疾風のように敵陣を駆け抜ける若武者。その足下に身をていして飛び込む神風特別攻撃隊のような若者が写った。

――攻撃精神だ――

威勢のよい七つボタンと飛行服にあこがれない子供はいない。海軍式蹴球は熱病のように六年生の子供たちをとらえた。

戦場はグランド全部、いや校舎の外ならすべてが戦場である。連合艦隊司令長官故山本五十六元帥の遺訓ではないが「常在戦場」、土手の上、ポプラ並木の下、いたるところで組討ちの子供たちがごろごろと転がった。

休み時間のグランドでは、女生徒の石けりやゴムとび、低学年の生徒の鬼ごっこなどのにぎわいがあるが、六年生の「海軍式蹴球」はその間をすりぬけ走りまわった。いたるところに悲鳴があがる。しかしこの最上級生たちは低学年の生徒や女の子の抗議など歯牙にもかけない。

運動ならなんでも群を抜く萬人である。とくに格闘技は強い。運動会の騎馬戦、相撲、棒倒しなどでは素晴らしい怪童ぶりの萬人である。

はたして「海軍式蹴球」となるとその武者振りは目覚しい。

小脇にボールを抱えた小型タンクが突進すると、いなごのように飛びつく子供たちが跳ねとばされた。

もちろん、萬人といえども沢山の子供たちに囲まれて、ねじ倒されることもある。

しかし、敵を背中にしょったり、腰にぶらさげたまま、ゴールに突入する勇姿もしばしば見られた。

「勉強さえすれば福島は大物になる」

こう予言した先生がいた。先生がこの重大な見解を発表したとき、折悪しくこの「大物」候補生は黒板の横に立たされていた。将来はともかく教室での萬人はさえない。

しかし萬人はグランドの英雄である。

そこで子供たちは萬人を「しげと」と呼ばず「ばんじん」と畏敬をこめて呼ぶ。「ばんじん」とは「蛮人」の意味も込められている。

この町の男の子はなによりも勇猛さと腕力が人間の価値を決定すると考えている。漢字を沢山知っていようが、算数が良く出来ようがそんなことは少しも尊敬に値しない。

転校生があると子供たちは、最初の休み時間にまず力比べを申しいれる。大概は相撲であるが、取りかこんで喧嘩を挑むこともある。その結果はたちまち全員に伝えられる。

「あいつは強い。だれだれが殴り倒された」

「あいつは弱虫だ。だれだれに殴られて泣いた」

だから「ばんじん」は、その腕力のゆえに尊敬を集めているのである。

六時間の授業の後終礼がある。

「歩調をとれーっ」と、黄色い声が響き、子供たちがざっくざっくと校門を通過していくのは三時三〇分から四時ごろになる。

そのころ、近くの朝鮮人小学校、天馬公立国民学校の生徒達の下校がぶつかる。この学校は教室不足で午前、午後の二部制をとっているから、日本人小学校の生徒たちといつも一緒になるわけではない。しかし、タイミングがあうと（それもしばしばあったが）双方の腕白が狭い道ではちあわせした。

子供の喧嘩には理由がない。学校が違うというだけの理由で腕白たちは、お互いに力を試しあった。一対一の喧嘩、三、四人の子供たちの言い合い、小競り合い、二、三十人の子供がくんずほぐれつの格闘戦を演ずる出入り、さまざまである。

武にはなぜあの時に、春田元雄こと李在元（イ・ジェウォン）が日本人学校の腕白たちの目の仇にされたのか、そのきっかけが何であったのか思い出せない。

集団で喧嘩をするときの春田の勇姿はきわだっていた。おそらく、それだけの理由であったに違いない。もともと双方の喧嘩は理由がなかったのである。

腕白の仲間では「天馬の春田」という令名は高かった。

同じように清津国民学校福島萬人の名も、日本人腕白の総領として朝鮮人の子供たちに知れわたっていただろう。

春田の体は両校の生徒を通じて際立っておおきかった。今思うと春田の入学は二年ほど遅れていたのではないかと思う。貧しい家計の中で小さい時から労働を強いられている朝鮮人の子供にはままあることだった。

府内の学校対抗の相撲大会があると天馬国民学校の横綱は春田元雄、清津国民学校の横綱は福島萬人である。二人は土俵上の好敵手でもあった。

咸鏡北道清津府

この町。

きちんとした言い方をすれば、朝鮮咸鏡北道清津府《かんきょうほくどうせいしんふ》というこの町は北朝鮮の東海岸、ソ連国境から海岸線を南に下ること約八十キロの港町である。

半島の北東、咸鏡山脈の険崖にはさまれ、東海の風浪に洗われ、京城《けいじょう》（ソウル）、平壌《へいじょう》など畿内の王道からも遠く清津洞《せいしんどう》とでもいわれた寂しい辺境に、日本人漁民が姿を見せたのは遠く四〜五世紀、いやもっと先にさかのぼる。国家とか民族とかいうもののない時代のことであるから、遠く東海を越えて流れ着いた人々も、この半島にいる人々と特別に違うところはなかった。

十五～十六世紀の倭乱、豊臣秀吉の朝鮮侵攻には沢山の日本人が武器を携えてやってきたが、この地に住む人々は、その先祖の由来を問わず、自らの生活と妻子を護るために心をひとつにして侵略軍と戦った。

その後も単に安住の地を求めて、日本列島からこの地に渡ってきた人は少なからずいた。その多くは船と海になれた漁師たちだったというが、日本が開国に踏み切った明治維新以降、その流れは堰を切ったように激しくなった。とくに山陰、九州、中国地方の漁民の朝鮮移住が増加した。

しかし、このころから日本人移住民と朝鮮人の関係は微妙に変わってきた。

朝鮮の開国に先んじて、いちはやく開国し近代国家の体裁を整えつつあった日本は、世界の大勢に暗く、空虚な礼節と事大主義をことする朝鮮李王朝に対して、これら移住民（帝国臣民）の保護と、さらに進んで優先的な利権を要求したのである。

日本は欧米に学んで、植民地を領有することが近代国家の条件であり資格であると考えていた。日露戦争（一九〇四―〇五年）の勝利によって朝鮮に対して優越的な地位を獲得した日本は、まずは、統監府の設置と外交承認権を獲得し（一九〇五年・保護条約）、つづいて鉱業、鉄道、郵便、築港の事業権をおさめ（一九〇六年）、王室を脅迫して軍事と警察権を代行する権限を取得した。一九〇七年八月一日、韓国軍と警察が武装解除された。かくて日韓併合（一九一〇年）にいたると、たちまち数万の日本人が半島に殺到した。この人々はかつてのような流浪の民とは異なって、はじめから朝鮮人を支配する人間として現れた。

土地登記制度の導入と税制によって、韓国人は土地を奪われて没落した。各地に設立された日本人会ははじめから支配者のサロンであった。

清津小学校は、明治四二（一九〇七）年、日本人会立小学校として設立された。ちなみに咸鏡北道の城津《じょうしん》の日本人会立小学校は、明治四〇（一九〇五）年の開校である。いずれも植民者による私設学校である。

植民者は日本帝国の尖兵として、朝鮮の最北の開発に粉骨した。それはさながらインディアンを駆逐して、植民地の建設に邁進した北米移住の白人のようであった。だが彼らが英国からもスペインからも分離して一個の独立国家をつくったのとは相違し、朝鮮移住の日本人たちはあくまで日本、日本帝国の鎧を着ているという本質的な相違があった。

彼らの気概は彼らの子弟を託した清津日本人会立小学校の校歌によく現れている。

きわみなき栄え千代田の御稜威《みいつ》をあおぎ
学ぶ恵みにのびゆく我等
からだ鍛えて知徳をみがき
大和しまねの力とならむ
　　　　まもりとならむ

きよき港にあまつ日継ぎの使命をうけて
尽きぬのぞみに輝く我等
強くただしく優しくきよく
大和しまねの鏡とならむ
　　　　誇りとならむ

昭和一〇年代、いつのまにか清津港は朝鮮全体の中でも朝鮮海峡の釜山《ふざん》や西海岸の仁川《じんせん》などの古い港に匹敵する規模と設備を誇る港になっていた。

清津は、日本海の向こう側、日本列島を満州につなぐ日本海交通の要衝となった。昭和二〇（一九四五）年の終戦直前、人口は二〇万、うち日本人は約三万人、市街は東海岸か

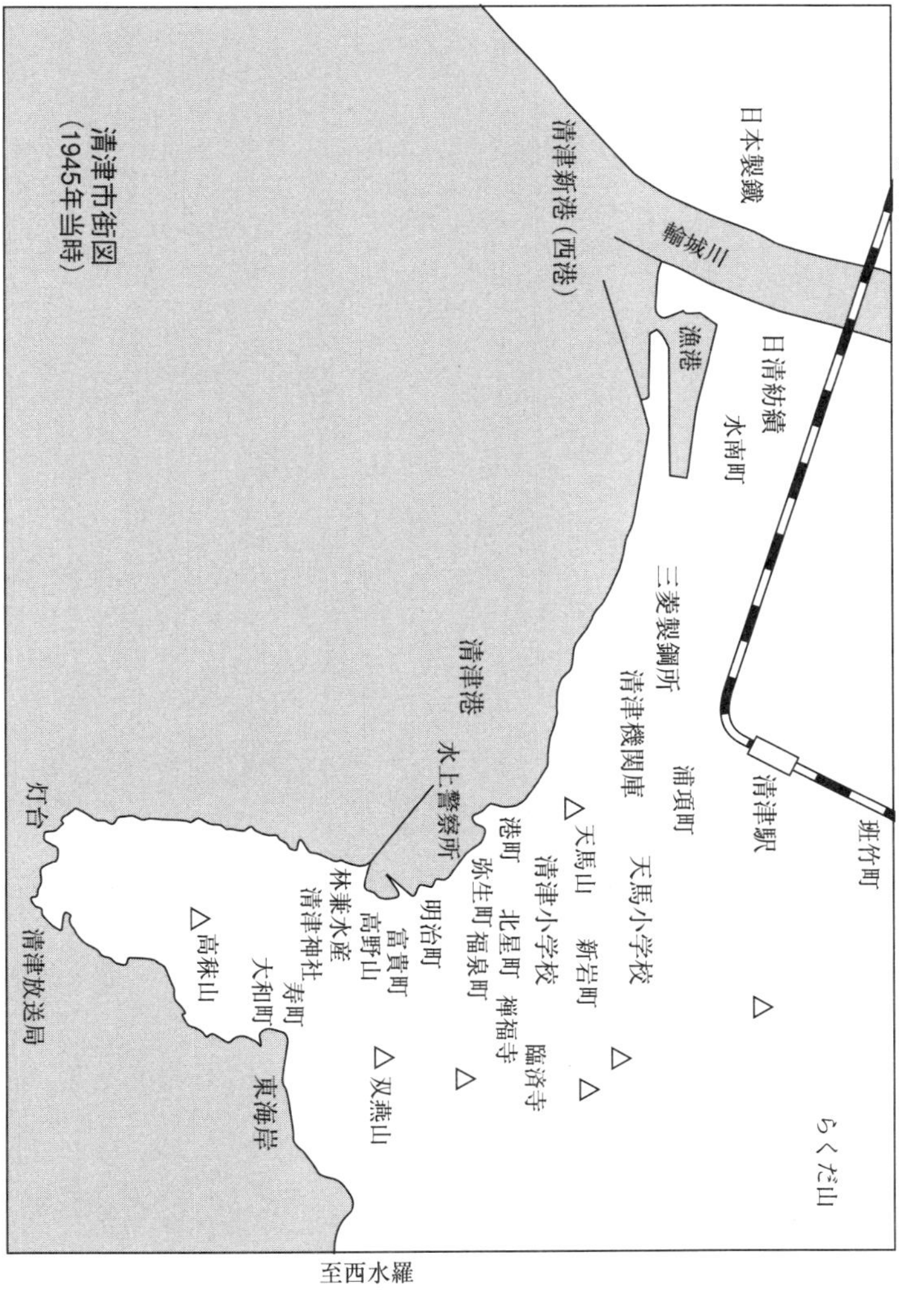
清津市街図
(1945年当時)
清津新港（西港）
日本製鐵
輪城川
至羅南方面
漁港
日清紡績
水南町
三菱製鋼所
清津機関庫
清津港
水上警察所
浦項町
清津駅
至輪城・富寧方面
班竹町
灯台
港町
天馬山
天馬小学校
清津小学校
新岩町
明治町
北星町
弥生町
福泉町
禅福寺
臨済寺
林兼水産
清津神社
富貴町
高野山
高秣山
大和町
寿町
双燕山
東海岸
清津放送局
らくだ山
至西水羅

ら南西の輸城《ゆじょう》平野に向かってゆるやかに押し出している。輸城平野の基幹水流である輸城川の河口には日本製鐵（新日鐵の前身）、三菱製鋼所、朝鮮油脂、日清紡績など近代工場が軒を並べ、原料を運送する船舶のために二千メートルの埠頭が建設中であった。

「航空母艦だって接岸できる」

この町で身代を築いた人々は胸を張った。日韓併合の以前からこの地にあって辛苦し、親子三代の血涙で現在の地位を築いた人も少なくない。

植民開拓の尖兵をもって任じてきた人々は、植民都市清津の発展をただただ無邪気に喜んだ。

昭和一五（一九四〇）年になると清津は、大韓帝国時代から咸鏡北道の首邑《しゅゆう》で清津に隣接する羅南《らなん》を合併した。合併された羅南は、朝鮮併合のあと第十九師団の所在地となり、また道庁の所在地でもあった。

そして「日本人会立」の名を冠した清津小学校も、清津公立小学校となり、昭和一六（一九四一）年の国民学校令で清津公立国民学校となった。この年の四月の統計では生徒数は一七〇八名とある。創立以来三十有余年、実に三代にわたる子弟を世におくっていた。卒業生の中には『若き哲学徒の手記』の著者弘津正二がいる。もちろん、清津にある国民学校の数も増え、浦項《ほこう》、輸城、松原、天馬《てんま》、東海岸など数校を数えるようになっていた。

銃後の護り

海軍武官府の前の広場のペーブメントが白く光って熱を放射していた。

少年たちは、広場の横の税関の鉄柵につかまって、二号埠頭の海面が銀色に光っているのを眺めた。

少年たちは港で船を見るのが好きであった。清津港に出入りする日本海汽船株式会社の貨客船のことは詳しく研究されていた。デッキが突き出している。煙突が二本ある。特徴のあるのは上甲板の位置だ。正面から見るとデッキが沈んでみえる。排水量は……。

しかし、昭和二〇年八月の昨今、めっきり貨客船の数が減った。ハルピン丸は昭和一七年一月、南支那海で敵の潜水艦の魚雷を受けて沈んだ。船腹にある赤十字のマークを無視した敵潜の雷撃で多くの傷病兵が船とともに沈んだ。満州丸は一九年九月ごろフィリピン北部バリンタン海峡で、やはり敵潜の雷撃で沈没した。そして熱田丸も月山丸もみんな輸送船になってどこか戦地で活躍している。

それから少年たちは広場の横の文房具店、中屋にたちよって白の絵の具を買った。海や空には白の絵の具がたっぷり必要だ。そこで萬人と武だけが学校から連れ立ってきた友達とにぎやかに別れた。

他の少年たちは、それぞれが受け持つ区域の新聞の束を横抱きにして、そのままますぐ弥生町の通りを東海岸の方に向かった。

最近、六年生の新聞の配達がはじめられた。大人の新聞配達員といわず、屈強の少年配達員もことごとく戦場へ、工場へと動員されていたので、その補充であった。

「銃後の護りはいよいよ少国民、君たちの双肩にかかっている。少国民の任務は重にしてかつ大である」と、「たくわん」は難しい言葉でたくわん石のような重みをつけてくれた。

それから新聞集配所のとびきりやさしげなおじさんが、それぞれの生徒に丁寧に手書きした住宅地図をわたして配達の要領を説明してくれた。二人でひと組になった。

「重にして大」なる任務が与えられた代わりに、あのにぎやかな終礼に出席する義務が免除された。六時限終了と同時にただちに新聞を受取り配達地域に向かう。

校門を飛び出すとうるさい校則はない。お陰で校門のさらしものになる危険もぐっと減った。朝鮮人生徒との喧嘩もめっきり少なくなって、やや髀肉《ひにく》の嘆きがなきにしもあらずではあるが、そこはまた、家にまっすぐ帰らず、公然と道草を喰うことが出来るという楽しさもあるのである。

武と萬人の配達区域は下校の途中にあたる北星町の東斜面の住宅街と若干の商店街。配達部数は約一五〇部である。

文房具屋中屋の向かいにある玩具屋ニコニコヤの店先で、しばし、紙の投げ玉や形のよい拳銃をもて遊んだ。それからその横の狭い路地を山手に向かって上りはじめた。

ひょろりと背の高い武とまるまる太った萬人が肩を並べていく後ろ姿を、通りの向こう側に立つモンペ姿の主婦が手で笑いをおさえて見送った。

「新聞っ」

武が「旅館・昌平館」の玄関に入り勢いよく投げ込むと、紙不足で一枚ものになった新聞は軽やかな音をのこして磨き上げた廊下を走った。

「ごくろうさん」

艶のある女性の声を受けてとびだすと、向かいの中華料理屋「東亜楼」から萬人が、これは怒声を背中にしょってタンクのように飛び出してきた。

みちみち折った新聞の紙飛行機を投げ込んだのだが、運悪く中国人のコックの鼻先にぶつかった。唖然としているコックの間を、紙飛行機はあたかも沖縄沖の数百の敵艦隊の上空を飛ぶ我が艦爆のように、湯気の弾幕の中をゆうゆうと旋回した。あげくに沸き立っている鉄鍋のスープの中に突入して勇ましく自爆したのである。

あいつぐ罵声を背に二人は元気よくかけだした。

用水路の横の「日の出食堂」に新聞を投げ込み、でるとき武がひょいと小板の札をひっくり返した。札は「営業中」から「準備中」に変わった。

おなじく川っぷちの「日枝接骨院」の窓枠につかまって、開けたての悪い窓の隙間からのぞく。いつもはここで柔道をやっている。生憎、今日は練習はないらしい。

二人は北星町の奥に向かう。

配達区域には二階建ての馬鹿でかい大きな家が十軒ほど並んでいる。「遊郭」というところである。

どの家にも清掃し水を打った広々とした玄関があり、壁に女の写真がはってある。きれいな女の人がたくさんいる。

はじめて来たときにはびっくりして、つくづくこの写真に見入った。

「ゆき」「あずさ」「あやこ」「ほしの」「えい」……

小声で読み上げていたつもりだが、だんだんと自然に大きな声になった。

「ほしの」という女の人が一番きれいに見えた。

「けい子」はおかめ。「えい」は隣のおばさんのように平べったい顔をしていた。

「ちひろさんか、この人は」ちひろさんは細面。鼻がきつくとがっている。

「ゆり」さんは団子っ鼻。「くみ」さんは花王石鹸のマーク、三日月さんの顔だった。

「舞ちゃん、りんちゃん、あきさん」萬人の声が大きくなる。

「え、ふじさん、富士、富士山だ。この人は」

二人が顔を見合わせてけけっと笑った瞬間、

「こらっ、この餓鬼はっ」

後ろから水を浴びせられて飛び上がった。虎ふぐのような五十年配のおじさんが散水のひしゃくと桶を持って「花月楼」の玄関の入口をふさぐようにして立っていた。

「こら、すけべな小僧だ」

作務衣《さむえ》のもんぺ姿に法被《はっぴ》の虎ふぐは、まるまると横太りの萬人と、ひょろりと背の高い武の組み合わせを、不思議な動物でも見るようにしげしげと眺めた。

「こら、ま、なんとまるまるの小僧だ」

しばしの観察の末、虎ふぐがシンドバットの冒険に出てくる大男のように——今夜のおかずが楽しみだわい——と舌なめずりをして顔をくしゃくしゃさせたところを見ると、まるまる太った萬人が気に入ったらしい。萬人は背中のランドセルが小さくみえるほどの体であるが、半ズボンに紅顔の少年である。

「新聞っ」

萬人は一枚ものの新聞を磨かれた廊下の上にすべらせると脱兎《だっと》の如く飛び出したが、運の悪いことに立ちふさがった虎ふぐの懐に飛び込んでしまった。

「おっとどっこい」

懐は大蒜《にんにく》くさかった。息がつまる匂いに押しもどされると、目前に虎ふぐの濡れた目があった。虎ふぐの目には岸壁にあがっている新鮮な、本物のふぐよりもっといきいきとした獰猛な輝きがあった。

「このすけべ小僧」

手を伸ばした一瞬、

「わっ」

と虎ふぐはひっくりかえった。萬人が壁と虎ふぐの間をすり抜けながら、あざやかな足払いをかけたのである。足だけである。新聞を抱えた腕は一指だにうごかしていない。萬人の足腰のばねは並の小学生の水準を越えていた。

桶がひっくりかえり、水びたしになった土間に虎ふぐは尻餅をついてばたばたした。こんどこそは清津の岸壁に水揚げされた、ほんものの虎ふぐそっくりに見えた。

「こらっ」

怒号をうしろに二人は土間を飛び出した。どこかで女の笑い声が聞こえた。

玄関の前にある板の橋を渡って振り返ると、虎ふぐはまだ水びたしの土間でもがいており、その奥に厚化粧の女の笑顔がのぞいていた。

不思議なことに、この付近の家の玄関には必ず女の人の写真が貼ってある。少なくて四、五人、多いところでは十四、五人も貼っていた。

叱られると分かったから、今度は声をださずに女の写真を見てまわった。

着物の女、洋装の女、笑っている女、泣き顔の女、目を吊り上げた女、怒った女、強そうな女、弱々しい女、パーマの女、おさげの女、丸髷の女。

――この人たちはここで何をしているのだろう。なぜ写真なんかを貼っているんだろう

――ふたりは素朴な疑問を抱いた。

この辺ではよく酔っぱらいの船員に会う。

「おーっ、坊やいいものをあげるぞ。おー、よっく太っているな。うまそうな坊やだな、何年生だ。えっ？　うんよく肥えているー。えらい。えらい。えらーいっ」

水兵帽をかぶった酔っ払いは、「赤ずきん」の狼のようなことを言った。

狼も「赤ずきんちゃん」に向かって「えらいっ」と言ったかどうかは知らないが、しかし実際には食いつく奴はいなかった。逆にふところから魔法のようにキャラメルやチョコレートをぞろぞろ取り出して子供たちに振るまった。

「チャーチルあーたまぶんなぐれ。ルーズベルトのめーだまぶっとばせ、畜生、江戸っ子、しらねーな」

酔っ払いの歌はすぐに覚えた。

「きーしゃのまどから手を振って……かあいいスーチャンと泣きわーかれー」

十軒ばかりの「遊郭」を時間をかけてまわり、引き返して虎ふぐの家の前を通ると、家の横からえんじの格子模様の着物を着た女の子が跳ねるように飛び出してきた。

「しんぶんやさーん」
七、八歳にみえる女の子は着物に相応しい可愛い声をあげた。
「これっ、おかあさんが」

女の子は紙でつつんだものを萬人につきだした。

とうもろこしの「ドン」が入っていた。つまり今でいうポップコーンである。

「ドン」と言うのはニーヤン（中国人）が担いでくる圧力釜の機械のことである。釜は軸で支えられて回転する。中にとうもろこしや大豆、米、むぎなどを入れて固く密閉し、回転させながら外から熱する。充分に熱して釜の中の圧力が上がっているとき、釜の蓋のねじを抜くと「ドン」と爆発音がして、中の熱い空気がどっと大気の中に放出される。

もうもうと湯気が上がる。中から白くはじけ返ったとうもろこしや大豆、米がでてくる。

やわらかくてうまい。「ドン」からでてくるから、製品も「ドン」と子供たちは呼んだ。とうもろこしの「ドン」はうまく白く弾けて、女の子の見せた白い歯を思わせた。

善吉とまん

福島萬人の父親、福島善吉の商売はかまぼこ屋である。男女十数人の使用人を使って、かまぼこをつくっている。近くの町羅南《らなん》の第十九師団におさめる量も少なくない。

郷里は和歌山の勝浦。貧しい漁師の息子であった。高等小学校を卒業し青年水産訓練所に二年ばかりいたあと大阪の海産物問屋の小僧になった。

魚類の加工品を扱うようになったのはこの就職がきっかけになっている。

大阪の水産問屋の使い走りをしているうちに、下関に拠点をもつ「玄界水産」という会社を知り応募した。この会社は朝鮮の仁川に魚類の冷凍倉庫と加工工場をつくったのであるが、朝鮮人の下働きを監督する日本人職員を募集したのであった。

昭和二（一九二七）年の秋、二十歳になった善吉は勇躍半島の土を踏んだ。世界恐慌の中で日本では不況の木枯らしがひときわ身に滲みたが、一応、新工場の補助監督として着任する善吉は、生まれてはじめて着た背広の胸に抑え難い興奮をいだいて異国の港の喧噪を眺めた。以来、ただ実直に仕事に励んだ。

「玄界水産」は次第に業容を拡大して昭和三（一九二八）年には木浦《もっぽ》、四年鎮南浦《ちんなんぽ》、五年興南《こうなん》、漁大津《ぎょだいしん》、六年清津と加工工場を拡大した。善吉は漁大津の支店の支配人になったときに嫁をもらった。

嫁の「まん」の父親は福井県敦賀の出身で、長年朝鮮で漁業に従事し「玄界水産」の取引先にあたった。目のぱっちりした色の白い小太りの娘の明るい無邪気な笑いに若い善吉がひとめ惚れをした。

恋女房である。仲人に人をたてて素朴な式が挙げられた。

昭和八（一九三三）年になって善吉はいくばくかの資本をつくり、独立して加工業をいとなむことを決心し、身重の女房「まん」をつれて漁大津の六十キロほど北の町、清津に移った。漁大津にくらべれば清津にははるかに都会的なムードがある。引越しが終わった夜、二人は、港の見える「国際ホテル」ではじめてひとコースの洋食というものを食べた。

二十六歳の善吉と二十歳になったばかりの無邪気な嫁は、パンと肉を、魚とスープを、アイスクリームとコーヒーを交換しあうために何度もじゃん拳をして、他愛もなく言い争った。

その年の一二月、この町は皇太子出生の祝賀行事に沸き立った。

提灯行列と「皇太子万歳」の歓呼のなかで、まんが急に産気づいた。

あいにく善吉は町の衆と一緒に雪の中の祝賀行列に加わり、清津神社に「皇太子殿下」の健やかなご成長と「皇后陛下」のご健康をお祈り申し上げていた。帰り道、料亭「安芸津」にあがりこんで、一杯機嫌の道会議員の「大東亜共栄圏の発展と皇太子誕生の意義」なる演説につきあった。

「ついに国民の熱心なる希望はみたされたり。大問題は解決されたり」

何かにつけ感激屋の道会議員は、木戸内大臣の談話を繰り返し、繰り返しているうちに、感涙がとめどもなく噴き上げてくるというしまつになった。

「天皇陛下万歳、皇后陛下万歳」

聴衆は、なんどもなんども半泣き、半酔の議員に唱和させられた。

「陛下万歳」のたびに料亭のばあさんが調子よく合の手を入れた。ついに議員は、感動で血圧があがり手足が震え、急造の演台の縁を踏み外して転げ落ちる騒ぎになった。

そこに近所の女衆が息せき切って善吉を捜しにやってきたのだった。

「なにやってるんですか。おまんさんが大変よ」

その日、たまたま夕方になって尋ねてきた従業員が、奥座敷で下半身を血だらけにして途方にくれて座りこんでいる善吉の女房まんを発見したのであった。

そばに、血にまみれ、やや紫色になっている赤ん坊が転がっていたというのである。出産を見たこともない男であったから、夥しい出血と鼻をつく悪露《おろ》の匂いに腰を抜かさんばかりにたまげて、近所の主婦に助けを求めた。

あいにくと産婆が、これも近所の婦人たちと町に浮かれ出ていて、なかなか見つからなかった。

近所の気のきいた年配の主婦が、震え上がっている近所の若女房を叱りつけながら、臍の緒を切るなどの処置をした。産湯をつかわせた時、ひときわ激しく赤ん坊が泣いたのでほっとしたという。そこに産婆が雪を踏んでかけつけたのである。

父の善吉が寒風に頰を赤くして駆けつけたのはそのあとである。

「おそれおおくも皇太子殿下とご一緒じゃ。めでたいのう」

評判になったが、まんの産褥は重かった。後産《あとざん》がおくれたのが原因であったのかも知れない。産後四～五日たってから三十八～九度の熱が上下するようになった。

日本中が皇太子誕生の慶祝にわき立ち、神社も仏閣もあげて皇后の回復を祈り続けている時、まんはひとり産褥に苦しんでいた。

同月二六日、皇太子の誕生に浮かれていない男の一人が東京で逮捕された。天皇制に反対する日本共産党の幹部の一人、宮本顕治である。かれらは日本の帝国主義的な大陸侵略にも反対し、朝鮮人民の独立運動に連帯を表明していたのだった。


「まん、どうだ。これがこの子の名前だ」

まだ床についていたまんに、善吉は黒々と「萬人」と書いた半紙を示した。

「マンジンですか」

「いや、しげと」

善吉があらためてふりがなを振った。

「しげと、しげと。いい名ね。男らしいわ。しげと、しげとちゃん。しげとちゃんですって。ねっ、しげとちゃんよ。あなたは」

まんはやつれた頬を何度も赤ん坊の頬におしつけた。

「萬人（しげと）」の名には母「まん」の読みがおりこまれている。しかし、実は隠れたいきさつもある。

三十に近い善吉が尊敬している若者がいた。「吉国の坊ちゃん」という。十八歳。三高の学生である。ついこの間までは羅南中学の秀才で善吉と知り合ったのは防波堤の「釣りきち」の一人だったからである。

善吉は「吉国の坊ちゃん」の釣りの先生であり、また最近までは、夕方の板台囲碁の先生でもあった。いや囲碁の手ほどきをしたのはたしかに善吉であったが、

「なに、三高の寮では碁ばかり打っているのさ」

休みで帰郷するたびに腕があがって、いまは師弟の関係が逆転している。

「でも碁は面白いな。将棋なんかよりは、はるかに戦略的な気がするなあ」

「ふむ」

「布石からはじまって、国家の戦略。我が国の大陸に対する経綸のような雄大さがある」

「国家の戦略ね。なるほどさすが坊ちゃんのいうことは違っている」

「坊ちゃん？　おじさん僕は十八だよ。坊ちゃんはもうないだろう」

「そうか、はっはっ」

「日本がこの朝鮮を領土に編入するには豊太閤や神宮皇后の昔はいざ知らず、維新以来四十年、日清、日露の戦争をはさんで実に慎重な布石を打ってきている。英国が一六〇〇年に東インド会社を創設し東洋戦略の布石を打ったような」

「ふむ」

和歌山の水呑み漁師の子であった善吉にはまともな学問を受ける機会はなかった。「吉国の坊ちゃん」の話の中にはヘッセがあり、カントがあり、キェルケゴールやショウペンハウエルがいた。加えて「アプリオリ」だの「アウフヘーベン」だのと時々ラテン語やドイツ語が混ざった。だから話の半分も分からなかったのであるが、魚の引きを待つ間のぶつぶつ語りは気にさわらなかった。

「とにかく碁は打ち方にもよるのだろうが、『萬人之敵』を学ぶ気概を感ずるな」

「ばんじん？」

「うん。昔ね。項羽という人がいた」

「ふん。昔って、鎌倉時代とか？」

「いや、日本人ではない。支那の人だ」

「じゃ、ちゃんころだ」

「ま、そうだが。大昔の人さ。漢の高祖と一緒に秦の国を倒した。あっ、ちきしょう、餌だけもっていきやがった」

「で？」

「あ？　いや、この項羽という人の伯父さんに梁という人がいて、項羽にまず武道を教えた。ところがさっぱり上達しないし第一まじめに勉強しようとしない。こりゃいかんと、こんどは文を教えた。要するに学問だな。学者にして世に出そうとしたんだ。ところがこれも怠けてさっぱり進歩がない。

梁怒る。籍いわく、この籍というのは項羽のあざなだがね。つまり項羽いわく、文は姓名を記せば足る。剣はすなわち独りの敵なり。我、『萬人の敵』を学ばんと。梁すなわち、籍に兵法を教う。

ここで『萬人の敵』とは数百万の民衆を統治すること。つまり剣を勉強してもせいぜい一人か二人を相手にするだけ、学者になるなんてちゃんちゃら可笑しい。俺は数百万の民衆を治める政治家になるんだ、とこうなんだな」

「へー」

善吉はすっかり感心した。

「萬人」という名を思いついたのは、この話が頭のどこかにこびりついていたからである。鼻ペチャ、口の大きな赤ん坊は、ブルドックの子供のような、なにやら政僧、弓削の道鏡のような重々しい顔をしていた。

近所の物知りに聞いて、「しげと」と呼ぶことにした。

「小さいうちはこれでよい。大きくなって偉くなったら自然に『ばんじん』と人が尊敬をこめて呼ぶようになる。原敬は正しくは『はらたかし』じゃ。偉くなると『はらけい』

じゃ。そうなってこその名は値打ちがあるのじゃ」

物知りじいさんは全面的に善吉の発想を支持してくれた。

萬人が生まれてから、まんの体は急速におとろえた。

これに反して子供の萬人は逞しく成長した。まるで成長していく萬人がまんの精気を吸い取ってゆくようであった。

また善吉の商売も順調に成長した。萬人が小学校の一年生になる昭和一五年には従業員も三十人ほどになった。

その数年の間に北朝鮮の海面は鰯の豊漁で沸きたっていた。下関の林兼水産が鰯の魚群を発見するために、小型飛行機を使う漁業法を持ち込んだ。

豊漁の朝は人夫を呼集するための空缶の音が海岸通りを行きかいする。

貧しい朝鮮人の子供たちが手間賃を稼ぎに出かける親と一緒に通りを走り、大和町、明治町、弥生町というこの港の名だたる目抜き通りを、鰯を満載した牛車が列をなす。

魚体が歩道に転がり、魚鱗が看板や電柱にこびりつき街中が鰯臭くなった。

鰯から魚油をとり、魚粉をつくる仕事があたった。いわゆる鰯大臣と陰口をたたかれる金満家が輩出し、山の手に瀟洒な和洋折衷の住宅が増えた。

ついこの間までトロッコを押していた男が一杯船主になり、二号を蓄えたとか班竹町の奥の山を買ったとか、金の話題、大尽遊び、揉めごと。街は鰯の匂いばかりでなく人間の脂ぎった欲望のえもいわれぬ匂いが漲っていた。

「喧噪と浅薄が清津を彩っている。その中は平凡と卑俗が貫いている。清津には詩はない。それは中間都市に共通の憂愁であろう」

この街の出身で京都大学の哲学科に在学していた弘津正二は眉をひそめてこう書いている。のちに「気比丸事件」で遭難し、詩的ともいえる名文の日記を残したこの青年には、植民地都市の喧騒が堪らなかったに違いない。

昭和一六年一一月六日、まんは萬人を学校に送り出したあと、あたたかいオンドルの隅に座って小さな袋をたたんでいた。

職場にいくために準備をととのえた善吉が話しかけた。まんは返事をしながら立ち上がったがその瞬間、なにかにひっかかったようにばったりと倒れた。

驚いた善吉が抱きかかえた時、胸を掻きむしるような仕種を見せたが、医者が来た時にはまんの息は絶えていた。心臓麻痺と医者はありきたりの診断をした。

まんは産後ずっと体が弱く、当時としては不明の病気を持っていたに違いなかった。心臓がその負担にたえかねて突然その動きを止めたのであった。

ちょうど、この朝、日本海汽船（株）の「気比丸」が触雷沈没したというニュースが全府を震駭させた。冬の前ぶれである曇天の海軍武官府前、税関広場には救出された乗客が、つぎつぎと担架に乗せられあるいは毛布に包まれて上陸していた。

海軍省は七日、

日本海汽船（株）所属、清津敦賀間定期船〝気比丸〟四五二三トンは去る五日午後二時清津港を出港し敦賀に向かう途中、午後一〇時頃、清津港東南八七マイル、すなわち東経一三一度、北緯四〇度四〇分において遭難信号を発し同三〇分頃沈没した。

乗員乗客数は四二七名、救出せる者二六四名、確認死亡一七名、残余の行方不明者の捜索を鋭意続行中である。

遭難船第一報に「触雷危機に瀕す」とあること及び去る八月二九日以来沿海州沿岸に敷設したソ連の機雷の鎖が腐食切断して浮遊し、樺太《からふと》西海岸、北朝鮮の海岸付近で発見されていることに鑑み、ソ連の浮遊機雷によるものであることは明らかである。

今日までソ連側に対する再三の抗議にかかわらず適切な処置がとられていない。一〇月二四日までに北朝鮮方面で発見した機雷数六九、揚収機雷五一（内、爆破機雷

四五)、樺太方面で発見せるもの二三個……云々

という閣議報告と発表を行った。

このころ、ソ連の首都モスクワはドイツ軍の総攻撃を受けていた。モスクワを救うために極東の兵力は次々と抽出されて、極東方面は極度に手薄になっていた。この時期日本と事を構えることを恐れたソ連は、必死の対日融和外交を展開した。

したがって救援活動には日本海汽船の僚船はもちろん、ソ連の艦艇まで出動したのであったが、乗員乗客四二七名中救助されたものは三〇五名、行方不明、または死亡一二二名という大量の犠牲者がでたのである。犠牲者の中には清津小学校出身の京大生弘津正二が含まれていた。

弘津は清津から京都にもどる途中の奇禍であった。弘津は真摯な哲学徒であった。翌年、京大哲学科教授天野貞祐などの手でその日記の一部が出版された。巻頭に天野が弘津が京大から借り出したカントの原書『純粋理性批判』Kritik der reinen Vernunft とともに沈んだことを述べている。日記は深い哲学的な示唆にとみ、真理に対する学問的な情熱と若者らしい感動に満ちたものであった(『若き哲学徒の手記』)。

気比丸で弘津がなくなった一ヵ月の後、昭和一六(一九四一)年一二月八日、日本海

軍は真珠湾を奇襲攻撃した。太平洋戦争が開始され、日本はますます出口のない漆黒の闇の中に突入していった。多くの若者たちが戦場に赴いた。生死の関頭にたち、暗黒の中で真理の光を求めていた学生たちは、弘津の苦悩を自らのものとして争ってこの日記を読んだ。

一一月一〇日、まんの葬式が行われた翌日、清津小学校の校庭で気比丸遭難者一二二名の合同葬儀が盛大に行われた。

善吉は最愛の妻を失って寡夫となった。以後、妻をめとることはなかった。

遊郭

新聞配達は毎日続く。女たちの写真はいつでも貼ってあった。ときどき写真の女たちと通りで会うことがある。

「あっ、百合さん」

武と萬人が思わず声をあげると女はじっとはすに見て

「なーに？　なんで私を知っているの？　なんでー？　え？」

と怖い顔をする。

女たちの反応はさまざまであるが、少年たちには経験のない陰湿さがあった。

「なによ。あんたみたいな子供にまで、そんなふうに呼ばれることないと思うわ」

憤然として金切り声を上げた女がいた。

「いやらしいわ」

女たちは襟をくつろげ気味にして、やや腰を振って気だるげに歩く。非常時のいま、婦人たちはたいがい防空頭巾を肩からぶらさげているが、写真の女たちはぞろりとした着流しである。日の高いうちから風呂にいくのか洗面器や手拭いを持っていることがある。とにかく他のおばさんたちと全く違う。人種が違うほど違う。

第一なぜいやらしいのか。

「遊郭ってなにをするところ？　で、なんで写真を貼っているのかな」

武と遊んでいるとき、たまたまいた父の善吉に萬人が振り返って尋ねたことがある。

善吉は「ほー」という顔を見せた。固い厳しい玄武岩のような顔がくずれた。

高秣山《こうまつざん》半島の先に白い灯台がある。そのそばには、昭和一二年に開局した放送局がある。

灯台の下には怒涛に洗われる岩の奇勝があり、その間にはさまれたわずかな空間に子供たちは衣服をぬぎすてて泳いだ。

怒涛に立ち向かう岩礁は厳しく雄々しかった。しかし、夏の日差しに温められているときには、子供たちがよじのぼり寝そべり冷えきった体をすりよせると、岩は熱く彼らを抱擁した。善吉の「ほー」といった表情と顎に手をやった仕種は、武にあの懐かしい灯台の下の岩を思い出させた。

「うん、あそこは料理屋だから女の人が沢山いる。警察の人が調べにきた時すぐに分かるように写真を貼っているんだ」

「じゃ、みんな貼っておけばいいじゃないか」

「みんなじゃないのか」

「うん、子供は貼ってないよ」

「ドン」の女の子の写真はなかった。

「子供は悪いことはしないからな。悪いことをするのはみんな大人だ」

それにしても虎ふぐの写真はなかった。勝手口にいる年をとったおばさんの写真もなかった。「どうしてだ」萬人は父に尋ねた。

「ほー」

善吉は白い歯を見せて顎をなでた。

「どうしてかな、父さんもよくわからない」

数日の後、この日は武はずっと萬人と一緒にいた。二人で一緒に新聞を配達してまわり「花月楼」の玄関に入ると女の激しい声がしてガチャンとなにかが壊れた。

「なによ、だれがこんな欠けた茶碗にしたの」

虎の絵を書いたついたての陰から小さな姿がころがりでた。先日の女の子である。

「だれがこんなことをしたのよ。だれよ。あんたにとってはただの安物かもしれないけど、私には大切なのよ。大切な人からもらったのよ。それをこんなにして」

ついたての陰から金切り声が追いかけて、お白粉やけした若い女が出てくると手を振り上げた。

びしっと少女の頬が鳴った。

「いたっ」

「痛い？　痛いのはどっちよ。人の大切なものをこんなにして」

女は逃げようとする小さな襟がみをつかんだ。二の腕までまくれあがった腕が蝋燭のように白く細かった。

「ばちっ」とふたたび小気味の良い音が鳴ると少女の顔が真っ赤になってゆがんだ。

「しんぶんっ」

萬人が割れるような大声を出した。ふたりはびっくりして萬人をみつめた。少女の襟がみが女の細い手から離れた。

「馬鹿でかい声を出さないでよ。失礼よ」

狐のような女であった。萬人をにらむとまなじりの切れ上がった目がきらっと青く光った。そしてまた金切り声を上げそうにしたが、さすがに気がそがれたのかぷいと引っ込んだ。少女は赤い顔をして少年たちを見た。涙の汚れが目のまわりに漫画の子狸のような黒いくまをつくっていた。しかし、すぐにたもとで顔を隠して裏口のほうに走って姿を消した。少年たちはあらためて壁に貼った女たちの写真を眺めた。今日の写真の顔は熊や猫、兎や狸のように見えた。さっきの狐顔は写真の列の真ん中ぐらいにあった。

「なんだか動物園のようなところだな」

萬人が言った。たしかに、武には少女の子狸のような泣き顔が印象に残った。

敵将、春田

豚田兵とカピタン

大東亜戦争（太平洋戦争）も開戦後四年目、昭和二〇（一九四五）年になると戦局は一段と厳しくなった。サイパン島から千五百キロを飛んで日本本土に飛来していた敵機は、いまや帝都の二百キロ南、硫黄島から間断なく日本各地を攻撃した。五月一日盟邦ドイツの首都ベルリンがソ連軍の攻撃に屈して陥落した。ドイツは東西からの連合軍の蹂躙を受けて降伏し、総統ヒットラーは自殺した。

六月には沖縄の失陥が明瞭になった。日本列島周辺に遊弋《ゆうよく》する米機動部隊の小形艦載機は平和な農村のあぜ道や田圃《たんぼ》の田植えの人々さえも銃撃した。

内地が猛烈な爆撃を受けているにもかかわらず、これまでは局外にあるかのように平和であった朝鮮半島も、ようやく敵の偵察機が一機か二機という少数で飛来するようになり、それも次第に数を増した。

「朝鮮管区司令部発表、〇時〇分、B29二機が咸鏡線《かんきょうせん》沿いに南下中」

警戒警報が発令されると女や子供たちは防空壕に追い込まれ、暗闇の夜を壕の中ですごす。

屈強な男たちは次々に出征し、町の中では男たちの姿がめっきり少なくなった。昭和二〇年六月三〇日、大規模な徴兵の嵐が北鮮一帯を襲った。四十四歳の武の父もこの徴兵により近くの鏡城府《きょうじょうふ》の師団に入営し、やがていずこともなく出征していった。しかし、それは人々の噂で済州島《さいしゅうとう》であることが知れた。

朝鮮半島の南端に位置する済州島は、沖縄に次いで敵連合軍の次の目標になると考えられていた。敵はこの島に基地をもうけ圧倒的な空軍力で朝鮮海峡を遮断し、南朝鮮と九州を制圧しようとするに違いない。参謀本部はこう考えていた。日本軍は武の父のような老兵までも動員してこの島の防衛に躍起になった。

「食糧増産」「自給自足」「足りぬ足りぬは工夫が足りぬ」などという標語が塀や板壁に貼られた。

いたる所が南瓜《カボチャ》畑や芋畑に変わり、少年たちも学校農園で汗を流す日が増えた。輸城川の近くの平地は学童たちの手で開墾された。最初はそば、やがて豆や芋の葉が緑の風に揺れる一面の農地になった。

畑ばかりではない。鎌をもって山草を刈りにいくこともある。肥料にするのである。

こうした作業は苦しいものであったが、生徒に自然の風物に親しむ機会を与えてくれることになったろう。

いや自然の風物ばかりではなかった。

ある日、山草刈りのとき生徒が山の中腹に土塁の跡を見つけた。

「ここに人が住んでいた跡だ」

白豚のようにちんまり、小太りであったので「豚田兵（とんでんへい）〔屯田兵をもじったもの〕」なる尊称をもつ先生が感に堪えぬようにいった。

「それも相当に古いぞ」

豚田兵は土塁のそばを、一人でごそごそやっていたが、やがて黒ずんだ土器を拾って空にかざした。

「昔、ここに住んでいた朝鮮人のものだ。これは無紋土器だが、ひょっとすると『八俣《やまた》のおろち』の酒壺かもしれないぞ」豚田兵は目を輝かした。

「先生、日本にはこんなものはないのですか」だれかが聞いた。

「いや、あるさ。天孫（天照大神の子孫・天皇）がご降臨なさる前から、日本にも人が住んでいた。貝塚といって昔の人のごみ捨て場が残っている」

「豚田兵」は汚い土器にひしゃげた鼻をくっつけるようにして、しげしげと土器を眺めていたが、最後に溜息を大きく一つついて、

「人が生きて」とつぶやいた。

なにを言うのかと皆、豚田兵の口元をみつめた。豚田兵はそこで一息つくと

「住んでいたからには、どこかに跡が残っとる。ふーん」

その大袈裟な、そしてとぼけた風情に生徒がどっと笑った。

教師による鉄拳の制裁も少なくない決戦下の学校でこの独特の、間の抜けた風貌の教師に生徒たちはなにやら親しみを感じていた。他の若い先生はにやにやしながら

「なるほど、虎は死して皮を残すが、人間も同じですか」

と言った。後ろの方で生徒が小さい声でささやいた。

「豚（とん）が死んでも豚皮（とんぴ）が残るさ」

「豚皮の靴。上等な靴。かばん。シッポではぶらし」

この声は先生には聞こえなかったが生徒の抑え切れない笑いが、後ろの方から波紋のようにつぎつぎと輪になって広がった。

「農具は兵隊さんの武器と同じである」

農作業が終わると生徒たちは使用した農具を丁寧に洗って、先生の厳しいチェックを受けてから農具室にしまう。

こうしてピカピカに磨かれてキラキラと日に光る鍬やスコップを脇をしめて銃のように肩に担い、ある日学童たちは隊伍整然と農園に向かった。

清津と南の都市羅南を結ぶ街道、羅南街道沿いの農園についたとき、豆や芋の畑の中から白や茶のチョゴリ姿が、飛び立つ鳥のように一斉に逃げだした。

「泥棒だ」先頭の先生が叫んだ。

「捕まえろ」若い先生が怒鳴った。

わっと色めきたった生徒たちが畑におどりこみ、逃げ出していく十数人の朝鮮婦人たちを追った。

「第一分隊、左を追え。第二分隊は右」先生の声が聞こえた。

畑のあちらこちら、境界のあたりで悲鳴があがった。

「泥棒」「泥棒」

子供たちはそれぞれに集団で婦人たちを包囲すると最初は土をぶっつけ、足につかまり手を引っ張った。

大人とはいいながら婦人たちである。四〜五人の子供たちに囲まれるとかなわなかった。

棒をもって逆に子供たちに立ち向かい手強い抵抗をしながら逃げおおせる婦人たちもい

たが、おばあさんといってもいい年配の婦人たちは、取り囲まれると土の上に座りこんで子供たちに慈悲を乞い、やがて「アイゴー（哀号）、アイゴー」と嘘泣きしながら先生のいるところに連行された。

チマの裾や袋に入れたサヤ入りの豆や芋をかばいながら、畑の土にしゃがみこんだ朝鮮人のおばあさんたちを、生徒たちはぐるりと取り囲んだ。

癇《かん》の強いことで生徒にも恐れられている「カピタン」というあだ名の若い先生が、仁王立ちになっておばあさんたちをねめつけた。

カピタンは、安土、桃山時代の絵巻物に出てくる青白い顔の宣教師か、また丁髷《ちょんまげ》に黒ラシャのオーバーを羽織り、馬上で笞を持つ和洋折衷の服装の織田信長の、あの残忍そうな細面の顔に似ていた。

カピタンは腕白たちを振るい上がらせる陰惨な笑いをちらりと見せながら、ぐいと正面のおばあさんの腕をつかんで立たせた。

「アイゴッ」

何をされるのかとおばあさんの脅えた顔がゆがんだ瞬間、カタピンの拳がその顔に炸裂した。

「アイゴッ、アイゴー」

カピタンはおばあさんのえりがみを深くつかみ倒れないようにすると、こんどは手の甲で三度四度と殴った。

おばあさんが大声で泣くと歯のない黒い洞窟のような口がのぞいた。唇に血が滲み、鼻血が土に汚れたチョゴリに点々と散った。

ついに土の上にごみのように捨てられたおばあさんを、カタピンはもう一度立たせると肩に担いで一気に背負い投げにかけた。白いチマが高々と宙に舞い、受身も知らぬ体がどっと畑の土に落ちた。

腰をぬかしたおばあさんのまわりに、芋や枝豆が散乱した。

「次っ」

先生は腕を延ばし、ぐいっと隣のおばあさんを捕らえると、前よりも一層激しく殴った。

「ヒッ」

そして、このおばあさんも見事に宙に舞い上がり、茶色の土の上に長々と伸びた。

「次っ」

ぐいっと立たされた婦人の袋を取り上げようとした時、その婦人がわずかな抵抗を示したのがカピタンを刺激したのに違いなかった。カピタンは婦人を激しく足払いにかけて倒し、今度は馬乗りになるようにして殴りつけた。

この婦人も見事な背負い投げにかけられた。

処刑を待つ犯罪者の泣き声は、もう嘘泣きではなかった。少年たちはじっと息を呑んでカピタンの動作を見守っていた。

こうしてカピタンはひきすえられていた六、七人の婦人たち全員に激しい制裁を加えるとようやく疲れたようにどっしりと腰を下ろした。

蒼白な顔に汗がにじんで、表情に凄味が加わっていた。

「よし、これで放してやれ」

いままでじっと子供たちと一緒にカピタンの制裁を見ていた他の先生が、なだめるような口調で言った。「チャバラー、カーラ（泥棒め、行け）」

チマやチョゴリを鼻血と土で真っ黒くした婦人たちは、泣きながらもおたがいに助けあってよろよろと畑の境界に向かった。

ひとりのおばあさんが回りを見回して、足下に捨てられているじゃがいもの袋を拾おうとした。

「だめだ、この泥棒め」

少年たちがすばやく袋を取り上げると、おばあさんは泣き声を立ててその少年たちに食って掛かった。

「袋は自分のものだから、袋だけは返せっていっているんだよ」

朝鮮部落のそばに住んでいて朝鮮語のよく出来る子が言った。

「ヒッヒッヒッ」

カピタンが珍しく笑い声をたてた。袋を逆さにすると相当な量のじゃがいもが転がりだした。ペチャンコになった木綿の袋はおばあさんの足下に投げ捨てられた。

釈放された婦人たちは子供たちに追い立てられながら農園の境界に向かった。農園の東の端は清津と羅南を結ぶ街道に面している。

「アイゴ、アイゴ」

腰をさすり、半泣きの婦人たちがそれでもなにやら悪態をつきながら街道にでた。

幅十メートルの街道の向こう側の葦の陰に少年が立っていた。

「春田だ」

天馬小学校の仇敵をみつけて子供たちはいきまいた。春田はじっと睨むような白目をむけて黙然と婦人たちと街道のこちら側を見ていたが、やがてくるりと背を向け葦の陰に見えなくなった。

また境界の向こうの小川の先にもこちらを脅えた顔で見ている一群の婦人たちが見え

た。婦人たちは黄色い声を一斉にはりあげて生徒たちを罵った。そして血と涙と泥でよれよれになった犠牲者の婦人たちに駆け寄りいたわるように囲んで姿を消した。

「あん畜生ども、なんていってんだ」

その日の作業が開始された。畑にしゃがんだ草むしりの合間にその日のことが話題になった。

「泥棒っていうんだ」

「だれが」

「俺たちがさ」

「なんで」

「朝鮮の土地を盗んだのは、日本人だってさ」

「ばかやろう、朝鮮に日本人が来なかったら今ごろはロシアの属国になってるんだぞ」

「いまに日本人を追い出してやるって」

「あんな弱虫にできるかってんだよ」

しかし、どこかに割り切れなさが残った。泥棒だから制裁されるのは仕方がないとしても、カピタンの制裁がおばあさんといってもよい年頃の女性に向けられたことにも原因があった。だれかが呟くように言った。

「でも、オモニは痛かったろな」

その言葉が少年たちの気持ちを集約していた。

戦局が緊迫してくるにつれて、いままで従順だった朝鮮人の態度が反抗的になってきたという話は各所にあった。

とくに食糧事情の悪化とインフレーションが人々を苦しめていた。

第八十五帝国議会における報告資料。

近時朝鮮に於ける食糧事情は相つぐ旱魃に加え時局の要請に基づく食糧供出強化と相俟《あいまち》て逐年困難の度を加えつつあるに不拘《かかわらず》帝国現下の食糧事情は朝鮮に其の多くを期待せざるべからざる状況に在る関係上食糧供出の朝鮮農村に加えつつある重圧は蓋《けだ》し深刻なるものありて最近農民大衆層は時局の重圧、経済統制の強化と相俟て……農民の不平不満となりて日と共に深刻化し遂に大挙増配陳情、供出関係職員との暴力的摩擦衝突事案、悪質なる供出拒否事案多発の傾向を示し延《ひい》て厭農、反官思想すら醸成せられつつあり……治安上よりするも極めて重大視せられつつあり。

人員の強制狩り出し、いわゆる徴用は、軍要員としては昭和一六年から一九年までの間に二万二七八五名が朝鮮内だけでなく日本や満州、中国本土南洋方面に、更には昭和一四年から一九年までの間には約四五万人の朝鮮人労務者が軍要員の徴用とは別の国民総動員計画により日本、樺太、南洋諸島に送り出されている（帝国議会説明資料）。

こうした狩り出しに対しての抵抗も増えていた。

徴用に該当すると思われる年頃の青壮年の住居を転々とさせて調査を困難にさせたり、中には国境を越えて満州、中国に逃亡する者も少なくなかった。わざと手足を傷つけて不具になったり、自ら花柳病に罹染して徴用を逃れるものもいた。

ついには徴用督励のために農村に赴いた官憲が殺害されるという事件もおきた。

慶尚北道慶山《けいしょうほくどうけいざん》では青壮年二十七名が決心隊と名乗り、断固として徴用を拒否するために竹槍、鎌、食料を携行して山に立て籠もって、官憲の山狩りを受けるという事件も発生していた。

この食料不足はもちろん日本人にも及んでいたが、下層の朝鮮人たちの生活は一段と苦しくなっていた。

また反日独立の武装闘争が、森の陰、峨々《がが》たる山脈の峰から折にふれ公然と姿をあらわしていた。いわく、

「朝鮮独立の白昼夢を描きつつある不逞の徒輩《やから》またすくなしとせざる現況なり」

学校農園の事件の背景には朝鮮のこうした世情が明らかな影をおとしていた。


「ばん、班竹町がやられたぞ」

数日後のある日、学校では男の子が興奮していた。

班竹町というのは清津の西側に展開する町並みである。子供たちは天馬山の裏を通って学校に通ってくる。天馬山の裏には朝鮮人子弟の学校、天馬国民学校もあり、かなりの住宅もあったが、発展途上の市街らしくまだ相当の部分が空き地である。

朝鮮の子供たちはここで待ち伏せしていた。三十人ぐらいはいたそうである。学校から帰る日本の子供たち、それも低学年の子供たちが散々に殴られた。

「お前たち泥棒だ。朝鮮をとったのはお前たちだぞ」

こんなことをいう子がいたそうである。

「やつら、学校農園の仕返しをしたんだ」

「泥棒はどっちだ。俺たちの野菜をとったのはやつらじゃないか」

「春田がいたかな」萬人がむっつりとした顔で聞いた。

「いたんだろう。あいつ農園のそばにいたからな」

「復讐だ。殴ろうぜ。やつら」

原因がどちらにあるという難しい議論は一切ない。殴られたら殴り返す。侮辱されたら復讐する。これが日本男子のあるべき姿であるとは、だれが教えたのではない。時代がそう教えていた。俺たちは日本人である。チャンコロとは違う。

「外国の兵隊は戦争に負けるとすぐに降参する。捕虜になっても恥ずかしくない。とくにチャンコロなんかはそうだ。日本軍が支那で村や町を占領する。それまではドンドンパチパチやって戦争している町であっても、とうとう我が軍に占領されるということになると、すぐに軍服を普通の服、つまり便衣だな、便衣に着替えて饅頭《まんとう》（中国のお菓子・おつまみ）やチャンパンのようなお菓子をもってご機嫌を伺いにやってくる。平気なんだな。最後までは戦わない。我が軍は便衣隊を見つけてどんどん銃殺する。それでも助かったやつらは日本軍のご機嫌をとる」

カピタンが修身の時間にこんな話をしたことがある。

「神州男児が東洋の盟主たる所以《ゆえん》は決して他国の侮辱を受けないという大和魂にある。神州不滅の精神も、この大和魂があってこそだ」

青白い顔をしたこの先生は激情的な気性と生徒に対する制裁の厳しさで恐れられてい

る。

「昔、幕末の京都に新撰組という侍の組があった。新撰組には、もし他人に切りつけられて怪我をしたときは相手を絶対にのがすな、自分が切られたら仕方がないが相手を逃がしておめおめと帰ってくる者は切腹して自分のふがいなさをお詫びする、という隊の規則があった。日本武士の気概というのはそういうものだ」

子供たちは無批判であった。日本人の子供が殴られたら、それも朝鮮人にやられたなら断固復讐しなければならない。

運動場をめぐるポプラの緑の風の中で復讐の方針が一決した。


復讐といっても天馬国民学校の生徒を無差別にやっつけるのは意味がない。

相手にならないような女生徒や低学年の生徒をなぐっても仕方がないと萬人がいった。

敵の一番「強そうな奴」当面は敵の首領春田元雄こと李在元《イジェウォン》をやろうということになった。

「班竹町がやられたとき、きっと奴がいたと思うんだが。ばん」

武が疑わしげに言った。

「うむ」

萬人も小首をかしげた。

実はこの辺の情報がはっきりしないのである。さんざんに殴られて泣き泣き帰ったふがいのない低学年の生徒に聞いてみても、「強い奴」とか「大きい奴」とかいう報告だけで春田がいたという確証はなかった。

「しかし、春田をやろう。奴が天馬の大将であることは間違いない」

萬人がぶすっとした顔でみんなを見回した。

「果たし状を書いてあいつにとどけよう」

朝鮮語のよくできる飯田という子供と武が天馬小学校の校門まで果たし状を届けにいったが、春田に会えなかったと報告した。

「春田は夕方の学級にくるそうだ」

朝鮮人の学校は入学児童の数だけの教室がなく二部制をとっている。

翌日も飯田と武が出掛けていったがまた手ぶらで帰ってきた。春田は欠席していたそうである。

「春田は林兼で働いているよ」

二、三日の後、そんな情報がはいった。清津港に面して林兼水産の漁業基地があった。沢山の朝鮮人の漁夫が働いている。春田が魚の水揚げを手伝っているのを見たと、その子供がいった。

子供たち十数人が春田をたずねて林兼水産にでかけていった。

林兼水産の専有する岸壁には沢山の漁船が係留されていた。岸壁には大きな鮫が目を剥いて捨てられていた。大きな敷地に漁業倉庫がたち並んで人々がたち働いていたが、春田の姿は見えない。

「どこか事務所のような所で聞かないとわからんぞ」

子供のひとりが言った。

事務所といっても見当がつかない。少年たちは大きな倉庫の間をうろうろと歩いた。すると、突然、ある倉庫の中から出てきた人が声をかけた。片手に黒表紙の書類を持ち、白いシャツを着ている。

「君たち、何か用かね」

少年たちはおたがいに顔を見合わせちょっとぐずぐずしたが、武が進みでた。

「あのー、事務所はどこですか」

「事務所ね、なにか用かね」

「はい、春田という子供はいませんか」

「子供？」

ちょっと怪訝そうな顔をしていたが、

「友達かね」と聞いた
「はい」

「ここに子供はいないよ」言い捨てて男は立ちさった。

あきらめて少年たちは岸壁をぶらついた。防波堤の内側の船溜まりの船が夜の漁に出発する準備をととのえていた。どっどっどっと焼き玉エンジンのアイドリングの音がとどろく。すでに何艘かの船が動きだしている。港の中を白波を割って動きだす船の勇姿に見ほれている少年たちに夕日が赤みがかった影をなげた。

エンジンの音はいっそうさわがしくなり、どの船もいまや出発する準備でひしめきあっていた。「チンチンチン」船頭が機関室におくる合図がしきりに響く。漁師たちのダミ声が飛びかい、赤銅色の男たちが忙しげにデッキや桟橋の上をいき来した。

「あっ」

一人の少年が大声を上げて指さした。

折りしも一艘の漁船が赤い灯台の向こう側を出ていくところであった。デッキの上に半ズボンの少年が立っていた。

「春田だ」

少年たちが一斉に声を上げた。

「おーい、春田」

ようやく見つけたのである。わけもわからず嬉しくなった。少年たちは夕陽に向かって走り出した。

「はるた、はるた」

白い手拭いを振る子供がいた。帽子を振る子供がいた。武はランニングシャツを脱いで打ち振った。

デッキの上の少年も気がついたらしかった。

なにか叫びながら手を振っている。いつも着ているカーキ色のシャツが風にふくらんでいた。甲板にいた大人の漁師たちがにこにこ笑ってなにかしきりに春田に声をかけて、一緒に手を振っている。

外海の波が白い飛沫を少年にあびせていたが、少年は凛然として勇ましかった。

「おーい、はるた、はるたー」

防波堤の先まできた萬人が手でメガホンをつくると一語一語どなった。

「けんか、けんかをしよう、かえってきたら、けんかをしようぜー」

春田は萬人に注目して聞き耳を立てているように見えたが、なにか嬉しそうに笑って怒鳴り返してきた。春田の声は笛のように聞こえたが意味はわからなかった。

船は防波堤を大きくまわって外海に出ていった。防波堤の上に立った少年たちも、船のデッキに立っている少年も、おたがいの姿が夕日の輝きに溶け込むまで手をふりあっていた。

機雷

昭和二〇年七月、本土決戦の準備をいそぐ本土の状況に呼応して、朝鮮の主要海岸都市に建物疎開の命令がだされた。敵、米軍は南朝鮮に上陸して、本土と大陸の交通を遮断する公算が強い。都市の海岸沿いの民家を排除して、遮蔽物をのぞき、いわゆる戦場の足場をひろげておく必要が感じられたのである。

命令は北朝鮮の都市、雄基《ゆうき》、羅津《らしん》、清津に及んだ。大本営はソ連軍の参戦を八月の半ば、遅くも九月とほぼ正確に予測し、ソ連参戦の場合の作戦を極秘裡に策定していた。それによると南朝鮮に上陸する米軍と北から侵攻するソ連軍に挟撃されることをあらかじめ想定しつつ、まずソ連参戦の場合、関東軍の主力は、北満州はもちろん、黒竜江《こくりゅうこう》沿いの国境地帯の防衛線及び新京、長春などの南満州の主要部も捨てて長白《ちょうはく》山脈をめざして、ひたすら後退する。そして、峨々たる山岳を砦に北方にむけて強固な山岳防衛線を確保する。

他方、南方からの米軍については南朝鮮の平野に邀撃《ようげき》しつつ、主力は徐々に北方に後退し馬息嶺《ばそくれい》山脈、妙香《みょうこう》山脈、狼林《ろうりん》山脈、魔天嶺《まてんれい》山脈、咸鏡《かんきょう》山脈など狭隘な山岳地帯に敵を誘導して、敵の得意の機動戦を封じ進退なからしめる。つまり、長白山脈の防衛線を北の底辺として南に突き出している山岳地帯を斜線として海州《かいしゅう》、開城《かいじょう》、春川《しゅんせん》付近を南の上辺とする四辺形を、大東亜戦の最後の砦としようとしたのである。

清津の海岸沿いの家屋の撤去は七月にはいって敏速に行われた。

海岸沿いの弥生町、港町、入舟町の住民は旬日ならずして立ち退かされた。清津国民学校の小学生たちが、引越の手伝いに動員された。

騒然、もうもうたる土埃のなかで家屋が取り壊されると、材木等のかたづけに学童が動員された。主な仕事は釘抜きである。子供たちは自宅から持ち寄った釘抜きを手にして釘や鎹《かすがい》を抜き集めた。

「この釘が戦車になり、砲弾になり、軍艦になって米英軍を撃滅する」

色白でちんちくりんのちび、「豚田兵」が、胸を張って生徒に教えた。

学童たちが猛暑の中を動員先で奮闘しているころ、すなわち昭和二〇年七月二六日、連合軍は対日処理要綱を発表した。ポツダム宣言である。

軍の武装解除、軍国主義的権力の除去、民主的傾向の復活強化、朝鮮満州の解放、戦犯の処罰、軍事産業の破壊、列島の占領など十三項目である。またこの日の十日前、遠いアメリカのニューメキシコ州のアラモゴードで世界最初の核爆弾が爆発した。

ポツダム会談に臨んでいる米大統領トルーマンは有名な電報「赤ん坊は生まれた」を受け取った。

太平洋戦争はいよいよ最終段階にさしかかっていた。

八月一日、いつもなら夏休みがはじまる時であったが、今年は萬人たち高学年の生徒には夏休みがなかった。

「国難来たる。時局は窮迫している。我々銃後のものも安閑としてはおれない」

教頭の「しびはら」が子供たちをがっかりさせた。その日は通信簿だけをもらい、歓声もなく子供たちは肩を落として校門をでた。

「ちえっ、なんにもいいことないな」

男の子たちは通信簿をのぞき合いながらぼやいた。萬人と武の通信簿には「良」がずらりとならんでいる。体操が「優」。これだけがキラリと光る。

疎開作業、つまり子供たちにとっては「釘抜き作業」は猛暑の中で続けられた。昼になると一時間ほどの休憩がある。給食のパンを食べてひと休みする。休みといっても子供たちはじっとしていない。休憩時間は埠頭の海で遊んだ。

八月七日。

その日、武と萬人は、作業の休憩時間を二～三人の友達と小舟に乗って遊んだ。子供の一人がたくみに櫓をあやつって、舟は漁船が沢山つながれている船溜まりの水面をくるくると回った。

こうして見ると防波堤の中は意外にひろい。小舟の回遊は楽しかった。時々、漁船が出入りする。牡蠣《かき》や海草を一杯つけた漁船の船腹が近々とすれ違った。無数の小魚が船溜まりの中をまわっている。ふわふわとところてんのお化けのように浮かぶくらげを棒でつついたり、手の届きそうな所を泳ぐぼらや小鰯を掬《すく》おうとして、少年たちは大騒ぎをしていた。時々、どこから見ているのか、大きなかもめが舞いおり、少年たちにしたたかに水を浴びせて飛んで去った。冷然たるかもめのくちばしに魚が横にくわえられているのが見えた。

「暑いな。泳ごう」

シャツや半ずぼんを舟のともにおくと、武と萬人はパンツひとつになって水に入ったりでたりしていた。

「おい、ばん、春田がいるぞ」

櫓をあやつっていた飯田という子供が萬人を振り返った。一艘の小舟が防波堤の裏にぴったりとはりついていた。強い日差しの中で防波堤の影に入って、たしかに少年とチマチョゴリの母親らしいオモニ（婦人）が防波堤の横腹にくっついた海草や貝を採取している。二人は先を輪にした針金を使って海の中をゆらめくわかめを巻きつけ、たくみに引き上げる。

「オクサン、わかめイリッソ（いりますか）？」

貧しい朝鮮婦人たちは日本人の家々をまわって、こうして採取したわかめを売る。

「春田だ。つかまえよう。千載一遇の好機だ」

飯田というこの子供は目をいからして腕をさすった。「千載一遇の好機」とは、国語の教科書の「マレー沖海戦」に載っていた。一九四一年一二月一〇日、マレー沖で日本海軍航空隊がイギリスの主力戦艦二隻を撃沈したのがマレー沖海戦だ。教科書には、まさに発進しようとする凛々しい「荒鷲」の写真が一緒に掲載されている。

「マレー沖じゃない。スラバヤ沖の遭遇戦だ」

一九四二年五月、日蘭英の巡洋駆逐艦同士がスラバヤ沖ではちあわせをし、死闘を演じたのがスラバヤ沖の遭遇戦だ。

武も萬人も海面の照り返しに目を細めて、好敵手の姿を求めていた。

「おもかーじ一杯」

返事もまたず舟がぐいとかたむいて舳先を向けた。しかし海面は広い。春田の舟までは二〜三百メートルはあるように見えた。

「でもまもなく集合だろう」一人の男の子が冷静に言った。

軍隊式の教育では時間は極めて厳重に守られる。

「五分前の精神」というものがあるとは学校を訪問してきたある海軍中佐の話である。

「軍艦は大きい。前と後ろの水兵さんの行動がいつもぴったりと呼吸があっていなければならない。だから時間をきっちりと守る。そのために海軍独特の号令として『五分前』というのがある。『起床五分前』『消灯五分前』『出港五分前』『甲板洗い五分前』という号令がかかると水兵さんたちは行動を起こす準備に入る」

以来、清津国民学校では「五分前」の号令がマイクで流されるようになった。

「朝礼開始五分前」「終礼開始五分前」

同時に生徒の教育方法として、大いに鉄拳が多用されようになった。

「精神がたるんでいる」

決戦下の学校では、集合時間におくれた生徒が先生に張り倒されるというのは珍しい光景ではない。

「きょうはやめとけ。オンマーもいるし」

萬人が決断した。オンマーとは母親のことである。飯塚も頷いて舳先をかえした。

ちょうどそのとき、四～五十トンもあろうかと思われる遠洋漁船が赤い灯台のある防波堤の突端を回って入港してきた。防波堤に波が打ち寄せ春田の小舟がかしぐのが見えた。春田がちらっとこちらを見ている。と思ったとき遠洋漁船が間に入った。

漁船は減速して埠頭に近づいていく。櫓をあやつる飯塚が小舟を寄せようとした所を漁船の巨体に先に占領された形になった。

「チェッ」

飯塚が舌うちをした。漁船のデッキに三人の漁夫が立って埠頭で遊んでいる小学生になにか大声で呼びかけて、ロープを投げた。その付近は水上警察のあるところで子供たち二十人ほどが警察の塀の横に群がっていた。

少年たちはわれもわれもとロープに取りついて、引っ張りはじめた。

「ワッショイ、ワッショイ」

大きな漁船である。船は容易に岸壁に近づかない。しかし少年たちはうれしそうに歓声をあげて元気いっぱい引っ張っている。

「おや」

掛け声の中にハーモニカの音が聞こえたのである。

いつのまにか春田の舟が防波堤から離れてちょうど真向かいの埠頭に寄ってきていた。こんどはこちら側で漁をするのだろうか。埠頭の岸壁にもわかめが繁茂していた。オモニが達者な手付きでかいを操り、春田は小舟の真ん中に腰をおろして気持ちよさそうにハーモニカを吹いていた。春田の小舟は相当なスピードで遠洋漁船の向こう側に回ろうとし、ついに隠れ込んだ時、突然、

「どっ」

と、遠洋漁船の船腹が海面に持ち上がった。水柱が高速撮影の映画のようにゆるやかに持ち上がって四、五十トンもあるその漁船をおし隠した。

腹に響く爆音が響いて、今度は船溜まりの海面全体が大きく持ちあがってきた。

「わっ」

櫓を操っていた飯塚がバランスを失って海中に転落すると、続いて武と萬人が転落した。それと同時に船の大小の木材が雨のように海面に降ってきた。

ようやく海中から顔を出した武の目の前に、一抱えもあるなにか大きな鉄の固まりがざ

んぶりと水しぶきを上げて突入してきた。

少年たちの乗っていた小舟が目の前に浮いていたが、その上に船具や船材が爆弾のように落下していた。小舟は底が抜け、舟べりがくだかれ、たちまちそれはあわれな流木になってただよった。

「爆弾が落ちた」

とっさに武は思った。武は埠頭で右往左往する人々を目にとめた。電線が切れて笞《むち》のようにに岸壁に垂れ下がりパチパチと火花を発しているのが見えた。人々の上にも材木や船具が落ちている。海の中が安全か、埠頭が安全か、ちょっと見当がつかなかった。迷っている間に爆発で起きた大きな波が武の体を埠頭のそばに近々と運んだ。

昭和二〇年八月七日、清津港で起きたこの事件の詳細はよく分かっていない。爆弾ではなく機雷であったという風聞はほぼたしかである。

一説には水上警察が浮遊機雷を発見して、処分保留のまま岸壁に繋いであったのに漁船が触れたという話もあるが、これは考えにくい。機雷は発見場所で銃撃して処分するというのが原則である。一触即発の機雷を港のなかに運んできて係留するというのは論外である。実際、掃海のための黒っぽい水柱が港の内外でしきりに立ち上がっていた。

要するに咸鏡線を上下する敵のＢ29が、毎晩のように無数に落としている浮遊機雷の一発が清津港の岸壁近くを浮遊していたと思われる。

とにかく大型の遠洋漁船が清津港の中で木端微塵になった。漁船に乗っていた船員六～七人は一人も助からなかったらしい。

海の上と埠頭の岸壁の上の無残な死体を少年たちが目撃していた。

「児玉病院に三人ばかり戸板に乗っけて運んでいった」

集合した少年たちは興奮して先生に訴えた。

「ワッショイ、ワッショイ」と漁船のロープをたぐっていた清津国民学校の学童たちは爆風で水上警察の壁に叩きつけられた。そして、一人が腕を折ったが他はたいした怪我もなく、したたかな擦り傷やたんこぶの類という奇跡的な軽傷ですんでしまった。

しかし、一時は「動員の清津国民学校の生徒たちに死者多数」という噂が伝播したらしい。武と萬人と飯塚、その他舟遊びをしていた何人かの生徒の集合が遅れて、先生たちが青くなって探していた。

いつもは怖い作業監督の女教師がおろおろし、半泣きになりながら負傷した生徒の手当をしていた。

「豚田兵」が自転車に乗って「トンできた」。禿頭を盛夏の暑熱に焼きながら、国民服の校長がエッサエッサと駆けてきた。

太っちょの校長、西川藤作の全力疾走を生徒たちは大喜びで迎えた。叱声と鉄拳の毎日を過ごす軍国主義教育下の生徒たちは、先生たちに心配をかけたということに奇妙なうれしさを感じていた。

萬人や武、飯塚など行方不明の生徒を見つけたのは、一帯の警備についた警察官であった。萬人は船材と油の漂う水の中にいた。他に三人の男の子が油の浮いた海に入っていた。武、飯塚、それに春田だった。

岸壁に中年の朝鮮婦人（オモニ）がチマの膝をかかえこむようにして座りこみ、何か朝鮮語でしきりにわめいていた。

「こらっ、なにをやっているんだ」

警察官が目をむいた。

オモニが海の中を指さした。警官は海面をすかしてみた。海の透明度がよいのか海中の四～五メートルほどのところにキラキラ光る金属製のものがみえた。子供たちは潜ってそれを拾おうとしていた。

「なんだ。あれは」

「ハーモニカです。爆発のとき落としちゃったんです」

武が水から顔をあげた。

「馬鹿、そんなもの。また爆発するぞ。はやく出ろ」

その「また爆発するぞ」という声に脅えて、岸壁の人波が動揺してわっと走り出した。

「はやく上がれ」

警官は手を伸ばして武を引き上げた。つづいて子供たち三人が上がってきた。

「だれのものだ」

警官は言いかけたが朝鮮語でいいなおした。

「カーラ（あっちへゆけ）」

婦人がぐしょぬれのチマの裾をかばいながらよたよたと走りだすと、一人の子供が自分の洋服を抱え、すばやく婦人の持っているわかめの籠を奪いとって走りだした。

「オンマ（おかあちゃん）」という声で朝鮮人の子供であることが知れた。

後ろを三人の裸の子がついて走った。一人はまるまる太った子供であった。三人は洋服も持たずパンツひとつ、裸足で走り去った。

怪我人がでたので今日の疎開作業ははやく切り上げられた。学童多数が死傷という噂が飛んだので、何人かの父兄が様子を見にきた。善吉もやってきたが、パンツひとつで友達と談笑している萬人に微笑を送っただけで、すぐに立ち去った。

夕方、武と萬人は真っ黒になったパンツのまま、新聞をかかえて配達にまわった。

二人のシャツやずぼんは爆発とともに海に吹き飛ばされたのである。

「新聞っ」

猛暑の日の光を若い肌ではねかえしつつ、鋭い少年の声がこま鼠のように路地に走り入り走り去った。

北星町の奥の遊郭では、着崩れた女たちが目を細めた。

「虎ふぐ」のいる家の裏から声が聞こえた。見覚えのある女の子だった。

「はだかの新聞やさん。新聞のおにいちゃん」

萬人が遊郭街をめぐる下水堰の橋の上から手を振ると、女の子もうれしそうに手を振った。

「やい、何年生だい」

萬人が聞いた。

「学校にいっていないもん」

「じゃ、いくつだい」

女の子は紅葉の両手をあげ、うち片方の指を三本にして示した。

「学校なんかいかないんだもん」

女の子は叫ぶようにいうと、口をひょっとこのようにとがらした。

「いーっだ。はだか坊主。学校なんかいかないんだもん」

もう一度、捨て台詞のような言葉を残すと、女の子は家の中に飛び込んで見えなくなった。

「あいつ馬鹿かもしれん」

ふたりはくるりと背を返した。そして「あれっ」と声を上げた。

橋のたもとに春田がじっと立っていたのである。

僕は軍神になります

教室には雨の音がしのびやかに聞こえていた。

勤労動員の最中にも折をみて授業が行われる。雨が降ったので、今日の作業は休みになった。

昨夜もB29の来襲があった。ただの偵察機であったが防空壕に避難した子供たちには寝不足があったので、登校時間は遅らされた。加えて昨日は動員先の埠頭で機雷が爆発し、生徒に負傷者が出ていたので、教員たちにはその後の処理のこともあった。

去年までは見事な葉を繁らせていた運動場のポプラの巨木が今年になってあらかた伐られてなくなっていたが、それでも運動場の東側、階段式のスタンドの上のアカシヤの葉が久しぶりの雨にうれしげにそよいでいた。

今日の授業は「綴り方」である。

「君たち六年生の国民学校の生活は今年で終わる。いよいよ卒業だ。卒業したらすぐに働く人もいる。また中学に進む人、商業学校や工業学校、水産学校に進む人、また高等科に進む人もいる。先生はこの際、君たちが大人になったとき、どんな目標を持っているのかを知りたい」

先生は黒板に白墨を走らせて「綴り方」のテーマを与えた。

「僕の夢」

——ではかかれ——

先生は最後を海軍式に締め括ると生徒たちをひややかに見て教室を出ていった。

武は鉛筆を口にくわえて窓から運動場を眺めた。

昨日のことを思いだした。パンツ一つの裸で新聞配達をしているとき、遊郭の前の橋で敵将春田に出会った。そのとき萬人が、

「貴様と一対一でやろう」

と申し入れたのである。春田は口許をひきしめて――理由はなんだ――と言った。

「お前たちは班竹町のちびたちをなぐった」

「ボクはやらない」

「それは卑怯だろう。お前たちがやった」

「それならボクにも喧嘩をする理由がある。お前たちはオモニをなぐった」

「俺はやっていない」

「それは卑怯だ。お前たち、内地人がやった」

「やるか」

萬人はめんどうだ、といわんばかりに言った。

「てんめ、ハッカ」

「てんめ」は「てめー」という日本語である。朝鮮の子供たちが言うとテンメともテンベとも聞こえる。

――はっか――は朝鮮語。「やるか」という意味である。「てんめ、ハッカ」は腕白たちが宣戦する場合の慣用語になっている。春田は決然として宣戦した。

「ハダ」(やろう)

場所は天馬山の後ろの台地。

「時刻は明日の午後」

武が口をはさんだ。

「時刻」とか「後刻」というと荒木又右衛門や鍔鳴《つばなり》浪人の講談に出てくる決闘の風情がただよう。春田はちょっと首をかしげた。

「だめだ。明日はボクに用事がある。午後から沖に網をあげにいかなければならない」

「うむっ」

「あさって、午後一時はどうだ」

「よしっ」

これできまった。（折角、鉛筆をなめなめ書いた果たし状はいらなかった）

「なぐりあいをやる。海軍式だ。立ち会い人はどっちも一人ずつ」

素手の殴り合い。どちらか降参するまでやる。

武は「海軍式」に力をこめたが春田はニヤリと笑った。もっとも日本海軍軍人の喧嘩がいつも一対一でやるのか、いつも正々堂々としているのかそれは知らない。ちょっと言葉に箔をつけてみたのである。少なくとも戦闘となれば日本海軍は奇襲が得意である。春田も――そちらが日本海軍ならこちらは李舜臣《りしゅんしん》（豊臣秀吉の朝鮮侵攻に際して、水軍を率いて日本軍を度々破った李朝の名将〕だ――とはいわなかった。

そこまでで春田がなぜあそこにいたのか聞きそこねた。でも関係のないことである。久しぶりのすがすがしい喧嘩の約束にふたりは満足感とともに闘志を燃やしていた。

「僕が大きくなったら」

武はこう書きだした。

「僕は大きくなったら立派な音楽家になります」

これは武ではない。肩越しに後ろの子供の机を盗み見たのである。この子供はハーモニカやオルガンをこなす。おとなしいが成績が良い。

「だけど音楽家になる前に米英を撃滅しなければなりません。だから音楽家には戦争が終わってからなることにしています」

二年ほど前に、この子が教室で「僕は音楽家になる」と言った時、みんながわっと笑った。みんな海軍大将になる、元帥になる、と言っているころのことである。先生は笑う生徒を制して
「音楽家も大切な職業だ。日本中がみんな軍人になったら困る」

と言った。

しかし、戦局が厳しくなり、本土決戦、一億玉砕のスローガンが聞こえてくると音楽

家の希望のともしびは、戦雲にさえぎられて見えなくなってきた。だからいまでは、まず「米英撃滅」である。

「雷撃隊になり、敵艦隊に突入する」

「潜航艇の班長になり敵艦隊の泊地を攻撃します。もし爆雷にあたったら『天皇陛下万歳』と言って勇ましく戦死します」

「僕は海の中にもぐる飛行機をつくります。海の中をもぐって敵艦隊に近づき、急にとびあがって爆弾を落とします。きっとそんな飛行機をつくれるように一生懸命勉強します」

戦闘機乗りになる。加藤隼戦闘隊〔ビルマで活躍した陸軍航空隊〕に負けない。少なくとも敵の飛行機百機を落としてやる。そして「天皇陛下万歳」といって華々しい戦死をする。大半の生徒がこう書いた。

神風特別攻撃隊が連日、日本列島周辺の連合軍機動部隊を攻撃していた。この四月、国民学校の先輩、石川兵曹が敵艦隊に突入して戦死した。死後二階級特進、石川少尉である。

少年飛行兵あがりの十八歳であるから、萬人や武たちと六歳しか違わない。武たちが一年生に入ったころ六年生で同じグランドをかけずりまわっていたはずであった。集団登校に際しては最上級生として、武たちの面倒を見ていたはずである。

石川少尉の葬儀は府をあげて盛大に行われた。葬儀では、儀杖兵となった海洋少年団の白い制服が人目をひいた。小太り大柄の萬人は清津国民学校海洋少年団の団旗をささげ、武はラッパ手として先頭に粛然と起立していた。

清津国民学校の生徒はもちろん、府内の輸城、浦項、松原国民学校、それに羅南国民学校、富寧《ふうねい》国民学校、そして朝鮮人の学校である天馬国民学校の代表の生徒が参加した。天馬国民学校の代表の中には背の高い春田の姿があった。

神風特別攻撃隊には朝鮮人の若者も多数散華《さんげ》している。

「あとに続くを信じる。これは特攻隊としてさきがけられた軍神の遺言である。川口、これはどういう意味だ」

教室で「豚田兵」が武を指名した。

「はい。特別攻撃隊は先頭にたって」

武はたちあがって元気よく答えた。

「うん、先頭に立って」

「死ぬので」

「うん」

「みんなも後から死んでください」最後はぼそぼそと答えた。

「うーん」先生は釈然としない顔をした。

しかし、黒わくの写真、軍神石川少尉はさわやかな顔をして後輩たちをみつめていた。少なくとも、その澄み切った瞳が少年たちの軍神への憧れを集めていた。

四十五分の時間が過ぎ先生が原稿用紙を集めた。先生はパラパラと集めた作文をめくりながらニヤッとして萬人を手招きした。

「福島、お前の作文を読んでみろ」

萬人は悪びれず教壇に立ち、渡された自分の作文を読み上げた。

「僕の夢。六年一組、福島しげと」

ちょっと顔をあげ教室を見渡した。みんな固唾《かたず》をのんで待っている。口もとを一度引き締めると萬人は思い切ったように読みあげた。

「僕は軍神になります。終わり」

どっと教室が沸いた。先生も笑った。

音楽家はおろか、海軍大将も陸軍大将になるという希望も、ますます厚くなる戦雲の向こう側にあった。

新聞配達の武と萬人の終点は、福泉町の坂の上である。そこには清津一と言われる大富豪の屋敷があった。白い石垣がお城のようにそびえている。

新聞配達を終えて、さすがにほっとしてぶらぶらと帰宅の道をたどる。話題はいろいろある。

「戦死するときは痛いだろな」

萬人がいう。軍神になるのも容易ではない。できたら痛くないように死にたい。

「特攻隊なら一発だ。われ敵艦に突入する。ドカン。おしまい」

しかし特攻隊になるだけの時間があるのか。この四月、沖縄では小学生が手に手に手榴弾を握って敵陣に切り込みをかけて全員勇ましく戦死したことが伝えられた。

「天皇陛下万歳って兵隊さんが戦死するだろう。そうするとその声は陛下の耳に飛んでいくんだって。ちゃんと陛下の心にとどくんだって」

ふたりは拾った棒切れを振り回しながら歩いた。

　勝ちぬくぼくら少国民　　天皇陛下のおんために
死ねと教えたちちははの　　赤い血潮をうけついで

　こころに決死の白たすき　　かけていさんで突撃だ

　この歌は本土決戦の掛け声とともにはやりだした。悲壮感のあるメロディが感傷的に少年たちの心を揺すっている。

「でも小学生が戦死したら、二階級特進はないだろう」

「六年生が高等科二年生になったり、五年生が中学一年生になったり」

「そんなことあるものか。軍神にならなきゃ二階級特進はないさ。だから軍人だけさ」

「沖縄の小学生は靖国神社にまつられないのかな」

「普通のお寺だろう。普通の仏様だろう」

「本土決戦になるのかな」

「朝鮮に敵が来ないで、本土に来るのが先だってさ。大人が言っていたぞ」

「本土の次に朝鮮決戦か。でも天皇陛下が先に戦死するかもしれないぞ」

「まさか、天皇陛下は神様だぞ」

　天皇は現人神（あらひとがみ）である。人間ではない。このことは耳にたこができるほど学校で教えられている。

「神様でも死ぬことがあるんじゃないかな。明治天皇だって大正天皇だって死んだ。天照大神（あまてらすおおみかみ）だって死んだだろ」

二人は黙った。本当はその辺がよく分からないのである。

数ヵ月前、朝鮮人の学校、天馬国民学校の生徒が検束された。不敬罪の容疑である。

「天皇陛下がウンコたれたー」

遊びながら替え歌を大きな声で歌ったのが、たまたま通りかかった巡査のパトロールにひっかかった。海軍武官府の前というと府の中心である。親が呼びだされて子供と通行人の前で散々に殴られたあげく、親子共々、歩道に座らされて、何度も宮城遥拝をさせられた。三人の額がすりむけて血が滲んだ。

「天皇陛下様、許してください。ごめんなさい。オンマー（おかあさん）とアボジ（おとうさん）を許してください」

子供は泣きながら何度もこう言ったという。陛下の「おおみたから」は血と泥と涙の中で遥拝を繰り返していたが、神様である陛下は当然に知っていたかどうか。

本当は「天皇」なんて言葉もそうなれなれしく使ってはならないらしい。校長なんかは、

「おそれ多くも、かしこきあたりにおかされましては」

なんてもやもやした表現を使う。

ところでこの「おそれおおくも」が出てくると、「でたっ」とばかり学童たちは一斉に「ざっ」と足を引いて直立不動の姿勢をとる。

「おそれおおくも……」校長が一息入れる。

間髪をいれず

「ざざっ」である。このタイミングがうまく決まると校長は満足そうに話を進める。

「かしこきあたり」「たみくさ」「ごしんねんあそばし」「おおみいつのいたるところなく」「すめらみくに」「せきし」等々。

「せきし」とは「赤子」と書く。赤ちゃんのことだが、「天皇の赤ちゃんとは言わぬが、つまり国民は天皇の子供である」と先生は解説した。

むずかしい言葉が延々と続く間、生徒たちは直立不動の姿勢を保っている。

天皇は神様だから戦死するはずがない。武と萬人はなんとなく安心する結論に達した。天皇が戦死しないということは、日本が絶対に負けないということである。なぜかというと天皇は日本の親玉であり、将棋で言えば「王将」だからだ。「王将」を取られないということは「絶対に負けない」ということである。「必勝の信念」というが萬人と武は「信念」ではなく三段論法による合理的な結論に達した。

しかし、正直に言って子供の目からみても勝ち戦とは言い兼ねるという現実があった。アッツ、ブーゲンビル、マリアナ、レイテは、もともと敵の領土を奪い返されたのだから仕方がないとしても、硫黄島、沖縄など日本の固有の領土に敵が来ている。また日本は一方的に爆撃を受け、東京なんかは焼け野原になっている。

『少年倶楽部』の最近号に「米本土爆撃」という小説が掲載された。しかし、

――万里の怒涛飛び越えて、ゆくぞロンドン、ワシントン――

という歌の通りにはいかないのが現実である。

子供の目からみてもロンドン、ワシントンははるかに遠い。

「なーに、わが連合艦隊はまだそっくり残っている。敵を充分に引き付け敵の退路を絶って、一挙にかたをつける。これがわが参謀本部の方針です。心配なし。心配いりません」

武は隣組の会合で在郷軍人会のおじさんがこう言っているのを聞いた。このおじさんは威勢のいいおじさんで、在郷軍人会の集まりではいつも先頭にたっている。

その連合艦隊であるが、もったいぶらないでそろそろ出てきて、敵を痛快にやっつけてほしいものだと思う。沖縄では学童が突撃し、南の島では民間人が兵隊さんと一緒に戦い玉砕しているではないか。もうそろそろ出てきてもいいではないか。

丸暗記させられている宣戦の詔勅には「天佑ヲ保有シ万世一系ノ皇祚ヲフメル大日本帝

国天皇ハ……」と書いている。天皇は「天佑」を持っている、というではないか。

「日本は神国です。必ず天佑がある。神風が吹く」と先生も言った。それなら天皇は苦戦している「せきし」のために一刻もはやく「天佑」を出したらいいのにと思う。

いま沖縄の周辺には千四百隻の敵艦隊が海を圧して集結しているというではないか。「神風」でもっていっぺんに吹き飛ばす絶好のチャンスではないか。

「今生陛下は若いときから摂政の君としてご英明をうたわれたお方です。天佑を願われる時期については深い大御心（おおみごころ）があるのでありましょう」

在郷軍人のおじさんはうやうやしくこうも言っていた。

「春よこい、はーやくこい」のふしで武がつぶやいた。

「天佑さん、はーやくこい」

こうして子供でさえ首を長くして待っているのである。天佑さんはなにをしているのか。どこに隠れているのか。

ソ連・対日宣戦

昭和二〇年八月八日、この日は大詔奉戴日。第十三分隊の子供たちは朝露を踏んで清津神社に出かけ拝殿の前を清掃した。各分隊に受け持ちの場所がある。整列して必勝を祈願し、箒でちゃんばらをやりながら帰宅した。

六年生だけは学校にいき、久しぶりに教室で綴り方を書かされた。朝からの雨模様は昼近くに本格的な雨になったものの午後からは上がり、一時は雲間から澄み切った青空も見えた。しかし、夕方から再び次第に黒雲がふえた。それもやがて西から東に矢のように走る凄まじい天の景色となった。そして暗くなるころには益々荒れ気味となって、稲妻が暗黒の雲を切り裂く壮絶な空模様となった。

「ちょうどあの日の夜、清津に駐屯していた暁部隊の慰安会があった。知り合いの兵隊さんに誘われて兄貴と見にいった。その帰り、高野山のお寺の横を通ったら眼下に見える清津港に、十数隻の大型貨物船が停泊していた。稲妻の下で船体が影絵のように浮かび、幽霊の館のように消える。海面が真っ青に見える。稲妻の光というものは明るいものだと思った。雨模様にちがいないが雨は降っていなかった」

この日の夜の情景を記憶している少年がいる。

咸鏡山脈の高い峰々が稲妻の空に急に立ち上がった巨人のような影をゆらめかせた。真夜中になると雷は雨をともない、叩きつけるような驟雨《しゅうう》が、峡谷にへばりついている貧しい朝鮮人部落の泥壁をたたいた。

八日から九日にかかる真夜中、午前〇時、突然天地を裂く轟音が朝鮮・満州とソビエトとの国境一帯に轟いた。爆音は連続的であった。

人々は驚いて外に飛び出した。黒竜江や豆満江《とまんこう》ぞいの山々が閃々と光を発し、大地が間断なく揺れていた。自然の雨には休息があった。しかし山々を襲う鉄火の驟雨には切れ目がなかった。

精霊の山、白頭山《はくとうざん》を頂くこの長白山脈には神秘の神話が多い。しかし、民話にある天の神、地の神の仕業ではなかった。何百、何千とも知れぬ光の征矢が見事なアーチを天空にかけ、山々が燃え上がっていたのである。

八日の午後一〇時（日本時間）、ソ連外相のモロトフはモスクワに駐在する日本大使佐藤尚武に来訪を求め、宣戦布告書を手渡した。

「明日、九日、わがソ連邦は日本と戦闘状態に入る」

そして二時間の後、九日午前〇時（ソ連極東時間午前一時）全国境の砲門が開いた。ソ連軍の誇る長距離榴弾ロケット砲カチューシャのおびただしい光の帯が乱雲に照り映えた。

黒竜江艦隊の大小の艦艇も砲火をきらめかした。大河を圧する爆音を轟かせて河岸の湿地に突入してくる鉄舟から暗緑色の制服と鉄兜が吐きだされ、朝鮮と満州の内陸部に向けて進撃を開始した。

ザバイカル方面軍の中央主力は、ノモンハン事件で知られる渺《びょう》渺《びょう》たる原野を越えて前進した。襲撃機が高度三〇～四〇メートルという低空で、翼を連ねてまっしぐらに原野を飛翔し日本軍設堡陣地に襲いかかった。

満州吉林《きつりん》省虎頭《ことう》のような堅固な要塞は怒涛に立ち向かう岩礁のように、その周辺に激浪の泡だちを見せたが、他の散在している諸陣地、国境守備隊は一瞬にして壊滅した。

国境付近に居た多くの開拓団村も同じであった。

満州防衛の任務につくはずであった関東軍及び満州軍の主力は、国境の急を見殺しにして、南満州方向に予定の撤退にうつった。

かつてソ連がドイツ軍の蹂躙を受けていたとき、それに呼応して日本軍がソ連に侵攻するならば、沿海州方面攻撃の発起点となるはずであった虎頭の要塞は、巨砲をもって対岸のシベリア鉄道の鉄橋を爆破するなどの果敢な反撃は見せたものの、三日間の孤立無援の敢闘の後、玉砕した。

満州と朝鮮を攻撃したソ連軍の兵力は大きく四つに分けられた。

第一は西から大興安嶺山脈を越えて満州の西側と熱河《ねっか》省方面に侵攻するザバイカル方面軍。第二は満州の東側、小興安嶺山脈を越えてチチハル方面に進撃する第二極東方面軍。第三はハバロフスク南方から満州の東側に侵攻し、牡丹江《ぼたんこう》市、東京城を攻略してハルピン、長春に向かう第一極東方面軍。この左翼は朝鮮の慶興《けいこう》、阿吾地《あごじ》付近から朝鮮の咸鏡北道の北部の諸都市を攻略する。

そして第四はユマーシュ大将の率いる太平洋艦隊であって、北朝鮮の主要港を封鎖または攻略して船舶による日本海の交通を途絶させる。

ソ連の対日宣戦は一九四三年のモスクワ外相会談、及びテヘラン会談において英米側から強く示唆されていた。しかしこのころのソ連は、ソ連の奥地、ボルガの河畔（スターリングラード）までドイツ軍の侵攻をうけて死闘中であり、極東に兵力をまわす余裕はまったくなかった。しかし、四三年二月、スターリングラードでドイツ軍二〇万を全滅させる大勝利をおさめ、続いて四四年六月、ドイツ機甲部隊一〇万をクルスクの平原に邀撃《ようげき》して撃破した。この勝利は決定的であった。これによりソ連は対独戦にようやく勝利をおさめる見通しがたったのである。そして、はじめて対日戦争の具体的なスケジュールが課題になるようになった。

四五年一月のクリミヤ会談、二月のヤルタ会談においては、ソ連の対日宣戦の場合の攻撃目標や兵站の方法、兵力の集結などが英米とソ連の軍事専門家により討議された。したがってドイツとの戦争が終了次第、ソ連邦が対日宣戦を行うことは国際政治社会における公然たる見通しとなっていたのである。

一九四五年四月八日、ソ連は日ソ不可侵条約の不延長を声明した。「国際状況の変化により条約延長の意義を認めがたい」と声明は述べた。

五月二八日スターリンは米国ホプキン特使との会談で、準備の終了次第、満州、樺太、朝鮮などに進撃する旨の決意を示した。

日ソ不可侵条約の破棄を伝えるにあたり、ヨーロッパの各新聞は、当然のようにソ連の対日宣戦を予想していた。

こうした状況からわが参謀本部もソ連の参戦を必至とみて、六月初旬には対ソ戦（乙作戦）要綱をまとめ第十七方面軍（朝鮮軍管区司令部を作戦上の指揮下におき、南朝鮮の防衛に当たる）および関東軍にこれを示達した。

そもそも、対ソ戦（乙作戦）を考慮した軍の再編成ははやくからはじまっていた。遠くは太平洋戦争開戦前の昭和一六年七月、関東軍特別演習で第十九師団（羅南）と二十師団（京城）に動員を下令したこともそうであるが、二〇年に入って、指揮系統の編成、再編成、部隊の移動等が頻繁に行われていた。

この場合、参謀本部がソ連の参戦を八月半ば、おそくも九月とほぼ正確に予測していたことは注目してよい。

八月九日、ソ連軍が侵攻を開始するや、関東軍や朝鮮方面の軍主力は、すでに立案されていた作戦方針に従って極秘裡に後退した。

かつて精鋭を誇った関東軍も主力を南方に転用されて弱体化していた。この際、軍としては後退し結集して邀撃する他に方法がなかったはずである。

ソ満国境付近の日本人開拓団は置き去りにされた。置き去りにされた日本人開拓団をソ連軍と武装中国人が襲った。

こうして、いわゆる戦後ながく記憶されている満州開拓団の悲劇が引き起こされたのである。後日、当時を回顧した元関東軍参謀が、軍は天皇の軍隊であって民間人を守ることがその任務ではない、作戦上必要ならば民間人を置き去りにするのは仕方がないと明快に言い切ったのは「大日本帝国の軍隊」の本質を見事に喝破していた。

軍隊が「天皇の軍隊」であり国民の軍隊ではないという考え方は、そのために徴収される膨大な租税も、国民皆兵という近代的な美名で召集される壮丁の血涙も、封建領主が領土的野心で徴収する年貢や荷役の類とまったく変わらないということであった。

上にシャーマニズムに彩られた天皇を戴き、中に強固な官僚制の骨格を持ち、下に大地主制を基盤とした社会構造を持っている「大日本帝国」は、表面の近代工業国としての仮面にもかかわらず、この本質の故に世界から孤立し国運を誤っていた。

それにしても先にナチスドイツを撃破して、矛先を極東に転じたソ連軍の戦力は強大なものであった。

第一、第二の極東方面軍およびザバイカル方面軍、すなわち満州を東西からおし包む三つの地上軍の戦力合計は、一一個諸兵連合軍、一個戦車軍、三個飛行軍、一個作戦集団軍からなり、人員一五七万、火砲と迫撃砲二万六一〇〇門、戦車と自走砲五五〇〇台、飛行機三四〇〇機である。

八月九日のわが関東軍兵力は四〇万というから、地上軍を比較するだけでも人員において四倍、戦車や火砲の戦力比較は問題にならなかった。

まして、兵力といっても関東軍の精鋭は、とうに南方に転用されて残るは訓練不足の弱兵のみである。

加えて、ソ連太平洋艦隊は、巡洋艦二隻、駆逐艦一二隻、哨戒艦一九隻、潜水艦九八隻と魚雷艇二〇四隻という小艦隊であったが、飛行機だけでも実に一五五〇機を擁していたから、地上軍の兵力と合わせると約五千機の航空兵力が、日本軍の上空を制圧することになった。

「ソ連、帝国に宣戦布告。満州国境を侵す」

「北朝鮮は慶興付近で激戦展開」（『清津日報』昭和二〇年八月一〇日付による）

飛電は国境から八〇キロ南にある清津の街を揺さぶった。

敵の侵攻地点は北朝鮮とソ連邦の国境、琿春《こんしゅん》、慶源、慶興、青鶴《せいかく》、土里《とり》等の村や町である。国境に近い海岸都市雄基《ゆうき》は、〇時四分偵察機飛来。五時ごろから敵の爆撃を受けた。雄基の一〇キロ南の羅津《らしん》も、明け方から猛烈な爆撃を受けた。在泊の船舶はもちろん、港湾施設は完膚なきまで破壊された。

一〇日には羅津と雄基の通信が途絶した。郵便局と一緒にあった無電局が爆撃されたのである。

近傍の清津にも両都市の状況は不明になった。しかし、間もなく海岸通りをたどり泥水のように避難民が押し寄せてきた。中でも羅津の避難民は守備隊が府民になんの連絡もなしに撤退したと訴えた。はやくも軍に対する暗い不信が生じていた。

爆　撃

萬人と武が連れ立って天馬山の後ろの台地にやってきたのは九日の昼過ぎである。空は気持ちよく晴れて、昨日の荒れた天気は嘘のようであった。

ひなだん式の造成宅地には数軒の瀟洒な家がぽつん、ぽつんと離れて建っているだけで、決闘用にはもってこいの足場を提供していた。

その朝、二人ともソ連が日本に宣戦布告をしたことはもちろん知っていた。ソ連国境は「慶興付近で激戦中」とニュースは伝えていた。

萬人も武もまだ充分に地理が詳しくない。他の子供と同じように自分の住んでいる周辺からだんだんに頭に入ってきて、通学路の周辺、遠足にいく高秣山《こうまつざん》の先、灯台、すずらん畠、らくだ山、かろうじて一六キロ南の市街羅南が精一杯の知識である。慶興といってもどの辺かよく分からない。国境付近の多分かなり遠い所だろうと思っている。

ソ連邦と戦争になれば、敵軍港ウラジオストックから一五〇キロ、国境から八〇キロ、飛行機ならば僅々二〇分以内に飛来する清津の危険な位置も分かっていない。

距離の感覚もそうであるが、人生と時間のスケールの大小もまだ判然と頭に入らない。いや時間とは無限にあるものであると感じている少年時代である。今年こそ休みというものがないが、夏休み、冬休みを今日も、明日もと遊び呆けて、学期のはじめに提出する宿題を降って湧いた災害のようにあわてふためく、新緑の幸せな少年時代のまっ盛りであった。

「俺たちが大きくなって軍神になるまでは、どうか戦争が終わりになりませんように」

この戦争の最終段階に、こう神社に祈っている子供もいるのである。

だから、本日、目下の関心は春田との決闘である。

「春田はまだ来ていないな」

二人が指定した場所に立ち、なにげなしに敵の現れそうな方向をながめた時、いきなり後ろから「おいっ」と声をかけられた。

「待っていたぞ。福島」

春田は武蔵を迎えた佐々木巌流小次郎のような挨拶をした。六年生で一五四センチの萬人も大きいが、春田の体も小さくない。かなり萬人を上回っている。労働で鍛えた逞しい体はすでに少年期を脱しようとしていた。

萬人は無言で春田と向かい合った。春田が連れてきた少年と武は、二人を挟む形で位置をしめた。

「お互い素手だ。卑怯なことをすると承知しないぞ」

武が進み出て春田の前に立つと春田はにやっと笑って、ポケットから竹刀の鍔〔喧嘩の際の武器〕をとりだし、武に渡した。春田が連れてきた少年は萬人の丸い体をあらためた。萬人は何も持っていない。

二人が向いあうとただちに戦闘開始。

「てんめハッカ」

萬人は無言。手をぶらりとさせて柔道の自然体でじりっと前にでた。

これに対して、春田は右足を極端に前に突き出し左足を後ろに引いた。尻を敵に突き出す。上体は手をぶらぶらさせて同じく自然体。ちょっとみには最後っ屁でも引っ掛けて逃げだしそうな態勢であるが、これは朝鮮の子供の独特の構えである。まず右足の蹴りがくる。

ついで間髪いれず左足が男の急所をけりあげてくる。

「やつらはな。まず屁を引っ掛けて、クセーッとひるんだところをきんたまを蹴り上げてきやがる。きたねーやつらだ。気をつけな。やつら、そのためにいつもにんにくと芋を食っているんだ」

先輩たちは、初陣にのぞむ後輩にこう教える。まさか屁を引っ掛けるということもないのであろうが、日本の子供たちはしばしば敵の足わざになすところなく、前を抑えてころげ回った。

春田が前にでた。じりじりと間合いをつめた。萬人が動きをとめた。

春田がすばやく足を飛ばした。待っていたように萬人が動いた。蹴り足をさけることもせず体当たりを食らわしたのである。二つの若い肉体はどっとぶつかりあった。萬人の体が絡みつくように見えた瞬間、春田の体が宙に浮いて土の上に叩きつけられた。

「行け、ばん」

武が思わず声援する。萬人が倒れた春田に躍りかかった。

「飛行機だ」

近くの住宅のどこかで声がした。

萬人が春田に馬乗りになって容赦なく鉄拳を振るおうとした途端に、春田がばねのような腰を使って萬人を跳ね飛ばした。

「そこだ」

今度は春田の介添えの少年が声援を送った。

「飛行機だ」

またどこかで声がした。それと同時に轟々たる爆音が空を圧した。驚いて武が振り仰ぐと、堂々たる双発の大編隊が、いましも南から北に海岸線を横切り市街の上空にさしかかる所であった。

見たこともないような大編隊であった。いやニュース映画でだけ武はこういう情景を見たことがある。

「すごい」

一瞬、目の前のことを忘れて空を振り仰ぐ。途端に萬人に突き飛ばされた春田の体がふっ飛んで来て武と重ね餅になった。

「このやろう」

武は腹を立てて目の前にある春田の頭を殴った。

すぐに上から萬人がのしかかり、春田の襟がみをとった。こぶしを振り上げたとたん、ひゅんと絹を裂くような音がした。

同時に大地が振動した。

彼らがなぐりあっている台地の崖が、ころころと小石を転がした。再び、いや数えきれないほどの絹の悲鳴があがり、大爆音が轟いた。二日前の機雷の爆音など問題ではなかった。東西南北が一度に爆発した。

爆風が彼らを襲った。少年たちはどっと地に伏した。

「どっどっどっ」

近くの天馬山で機銃がうなりだした。

武は台地の陰の側溝に飛び込んだ。同時に、すぐそばの天馬山の頂上が猛烈な土砂を吹き上げた。ここには監視哨と対空陣地があるらしかった。

ばらばらとなにかが落ちて、側溝の中でからからと音をたてた。

「すげー。これはすげー」武が悲鳴を上げた。

側溝から上を見上げると、編隊を組んだ爆撃隊が隊伍整然と上空を通過していく。

四発のＢ29ではない。双発の爆撃機群である。点々と弾幕の花が開き、二機〜三機の飛行機が白い尾を引きながらも、編隊を崩さずに飛んでいくのが見えた。

間断なく機銃が響く。

「ごおっ」猛烈な爆音が響いて、側溝の上に黒いものが舞いおり、舞い上がった。

そして、また一機が疾風のように上空を駆け抜ける。

「わあっ」

武はそのたびに側溝の底に突っ伏した。天馬山の監視哨が敵戦闘機の攻撃を受けているのである。翼を返すときに風防の中に人が見えた。

第一群の通過、やがて第二群、そして第三群、そのたびに戦闘機が猛然とまいおりて側溝の上を越えていった。

あいにく溝の中に昨日の雨が溜まっていた。ずぼんの中に水が冷たくしみこんだ。

「ロスケめ、ロスケの畜生。こんど泣かしてやる。きっと」

溜め息をつきながら側溝の中につっぷしている時間はずいぶん長かった。やがて、ようやく上空が静かになった。

「おい」

どこかで萬人の声がした。

「おい」

こんどはすぐ背中で聞こえた。振り向くと萬人がいつもの茫洋とした顔で武を見下ろしていた。

「武、春田が怪我をした」

造成地の北側の土手に春田が転がってうめいていた。

春田の左足の膝下。ずぼんが真っ赤になっている。ずぼんを引き裂くと膝の裏、ふくらはぎが鋭いものでそぎとられていた。

敵機が天馬山を爆撃したとき、飛び散った鉄片が数百メートルを飛んで少年たちを襲ったのである。

「しっかりしろ、春田」

武が手拭いで膝の上をしばると春田がうめいた。

「お前はこの足で人のおちんちんを蹴飛ばすから罰があたったんだぞ」

武がいうと春田は青い顔で笑った。

それでも血は止まらなかった。手拭いが血でぐっしょり濡れ介抱する少年たちの白いシャツに血が飛んだ。

「歩けるか」

春田は武の肩に掴まって、気丈に立ち上がった。

「福島、今日の勝負はおあずけだ、またやろう。俺、おれ、残念だが帰る」

新岩町の奥、日本人に圧迫されて谷にへばりついている朝鮮人の部落がある。春田の家は土幕《どまく》といわれる貧しげな泥壁と藁屋根の家である。

春田を守って助けながら通る市街も惨憺たる状態であった。爆撃は主に埠頭と駅周辺、天馬山、浦項町の工場地帯に集中したらしいが埠頭に近い町並、明治町、弥生町、港町の家屋の窓ガラスはみんな壊れていた。

埠頭の倉庫が猛烈な炎を吹き出していた。晴れ上がった空も重油の燃える黒い煙によごれ、太陽が赤く血の器のように見えた。黒い煙は町並にもよどみ町は白昼からさか落としに薄暮に至っていた。

肩を組み合って歩いていく少年たちを見て、戦闘帽に救護袋をつけた若い男が駆け寄ってきた。男は少年たちを押しとどめると春田の傷口をのぞきこんだ。

「大丈夫だ。ほんのかすり傷だ」

男はうめく春田をうつぶせにしてピンセットのようなもので傷口をかきまわした。春田は、うーんと力をこめて耐えた。

「よし、弾は入っていない。心配ないぞ」

男はびんの液体を傷口にかけた。消毒をしたらしかった。そして春田の股にすばやく注射をし、あざやかな手つきで数針を縫うと真新しい包帯をした。

「少し血がでるかも知れないが、どこかで静かに寝ていなさい」

男は膝をしばった手拭もほどき、そしてこんなにきつくしばると足全体がおかしくなる、この程度の傷ならしばる必要がないと少年たちに新しい知識も与えた。確固とした口調は、爆撃のあと介護にでた若い医者のようであった。

板戸が散乱していた。商店のものらしい。少年たちはそれに春田を載せた。前を武と介添えの朝鮮人の少年が、後ろを萬人が一人で支えた。萬人は戸板で仰向けに寝た春田と向いあう形になった。

少年たちは新岩町の坂道を登った。

「日本は戦争に負けている」

安心したのか頬に赤みの戻った春田が戸板の上で、萬人の顔を見ながら言った。

「うん」

萬人が素直に答えた。たしかに負けている。

「でも、勝つさ。かならず。連合艦隊がいるんだから。これからだ」

「お前たちは何も知らない。広島に原子爆弾が落ちたの知っているか」

「なんだ」

「新聞を読んでみろ。八月六日だ。少数機来襲。若干の損害があった。敵は新型爆弾を使用」

「それがなんだ」

武が後ろを振り返って反発した。新型爆弾の記事はなにもいまにはじまったことではない。いままでも何回も見たような気がした。

「若干だって。本当は一発で広島が焼け野原だ」

「嘘だ」

「だから、お前たちはなんにも知らない。原子爆弾が出来たんだぞ」

「原子爆弾？」

「いままでの爆弾と違うぞ。例えば黄燐焼夷弾《おうりんしょういだん》とはちがうぞ。新型爆弾でもあんなちゃちなものではないらしい。火薬を使う爆弾じゃない。原子を連続して爆発させる」

「原子を？」

「物はみんな原子で出来ている。家も軍艦も戦車も兵営も橋も道路も」

「だからどうした」

「人間も、天皇も皇后もだ」

「……」

「原子を連続して爆発させるから、物がみんな焼けてなくなってしまう。人もだ」

「……」

「それで広島は全滅した。そして今朝、長崎が一発で全滅した」

「えっ」

「お前たち新聞配達しよるくせにラジオのニュースはちゃんと聞いていないのか。今度も少数機だ。これはえらいことだぞ。次は東京だ。天皇が燃えちゃうぞ。原子だから」

「デマだろ」

「デマ？　ちゃんとしたニュースで言っている」

　少年たちは黙った。どーん、どーんと爆発音が埠頭から響いてきた。ロンドンもワシントンも敵の首都に一矢も報いない間に、ついにこの北朝鮮の小都市が爆撃を受けるに至っている。

「それに連合艦隊だってもういない、全滅した。全滅はしないかも知れないがうんと弱くなっている。連合艦隊がいないから内地も爆撃される。ソ連も来る。そんなことお前たちはわからないのか」

　少年たちはますます黙った。武の父が出征する前に、

「朝鮮人たちを馬鹿にしてはいかん。あいつらは日本人の知らない情報をちゃんと知っている」

　と母に呟いているのを聞いたことがある。そのときはミッドウェーの敗戦に関する情報をキャッチした時であった。日本はこの航空戦で空母三隻、飛行機一二二機を失った。

どこかで禁止されている短波の国際放送がキャッチされていた。

「日本が負けたら朝鮮は独立するぞ。もうお前たち内地人にいいようにはさせないぞ。おじさんが言っていた」

春田は決定的なことを言った。

「おじさん？」

「うん」

春田は突然目を輝かせて言った。

「おじさんは山の中にいる。もうすぐこの町に攻めて来る。きっと来る」

「お前のおじさんは山賊か」

「山賊？」

「うん」

「バカ、山賊じゃない」

「じゃ、匪賊だ」

「匪賊じゃない。朝鮮独立軍の志士だ。おじさんは長白山脈で日本軍と戦っている。ハリマオみたいに」

「ハリマオ？」

萬人も武も虚をつかれたように黙った。ハリマオ。「マライのハリマオ」はマレー半島の英国からの独立を図るために戦っていた日本男児である。映画も見た。歌もある。拳銃を持って敵中で活躍する快男児。谷隼人。

少年たちのチャンバラでも活躍する英雄である。でもハリマオみたいな朝鮮人がいるのか。二人の日本人少年は面食らった。英国人を相手にして戦う日本男児ハリマオは、胸のすく正義の味方である。

アジアの解放、独立、正義が日本人の専売特許のように思っていた少年たちは、それと同じことが、日本の植民地である朝鮮人についても言えるということに初めて気がついたのである。ソ連軍の侵攻は開始された。四年前、マレー半島コタバルに上陸した日本軍を助けたハリマオのように、今度はソ連軍を助ける朝鮮のハリマオがいるのかも知れない。「正義」というものが立場を異にすれば全く違ったものになること、価値の相対性ということに気がついた最初の経験であったかも知れない。

「ふーん」二人は溜め息をついた。

新岩町にいたる道にも焼け出された避難民たちが群れをなして押し寄せていた。みんな煤煙で汚れ、煙突の中を潜り抜けたような顔をしていた。春田のように戸板で運ばれる負傷者も少なくなかった。

ついに、オモニの金きり声で迎えられ、照れくさそうに体を起こした春田に萬人が言った。

「春田、俺、ハーモニカがふたつある。ひとつお前にやる。今度持ってきてやる」

春田が萬人を見つめてにっこり笑った。

「どーん、どーん」と間断なく爆発音が響き、夕焼けの空は血のように赤く、立ち上る黒煙は魔物のように清津の町を圧していた。


その日、羅南所在の咸鏡北道庁は咸鏡北道全体が戦闘区域に入っていることを確認し、北辺にある公立の各学校の閉鎖を命じた。また、奉安殿に奉置してある天皇のご真影の道庁への奉還を指示したが、すでに敵の侵攻が差し迫っている雄基、羅津などの地域の学校に対しては奉焼も止むをえないとの方針を示した。

清津公立国民学校では登校してきた職員に、重要書類の破棄焼却も含め、当面の仕事の整理をさせるとともに、手分けして児童生徒に対する連絡に当たらせた。

その翌一〇日、校長西川藤作と教頭は、軍のトラックに便乗して羅南に至り、ご真影や詔勅など奉安殿に奉置してある諸品を道庁に奉還した。

学校の閉鎖とともに国民学校の児童たちの動員も自動的に解除された。また清津女学校をはじめとする女子生徒の工場動員も順次解除された。輸城川の河口付近にあった日紡、日鐵、三菱製鋼、等々も空襲のために順次操業の見通しが立たなくなったからである。

「戦闘が開始される。諸君は一応家に帰り父母たちと一緒になりなさい。これから軍の動員があるかも知れないが、その時はまた元気な姿を見せるように」

引率の教官は女子生徒たちにこう伝えた。教官の頭の中を沖縄県立師範学校の生徒たちの運命がかすめたかどうか？

女学生たちは教官に凛々しく敬礼して解散した。これが清津女学校の終焉であった。

国境・阿吾地《あごじ》の朝鮮油脂等の工場に動員派遣されていた清津中学、会寧《かいねい》中学、鏡城中学などの生徒たちは、敵の侵攻を受けた工場から脱出して、三々五々、その多くは徒歩で父母の家に帰りつつあった。

清津攻防戦

内鮮一体

九日ニ到リ突如ソ連機来襲シ低空ヨリ機上掃射ヲ行ヒ我等府民ニ驚愕ト恐怖ノ念ヲ与ヘ遂ニ中立条約ヲ破リ我ガ国ニ宣戦ヲ布告シ反枢軸国ニ援助ヲ与フルニ到リタリ此時ニ際シ当府指導部ハ清津日報一〇日付一一日ノ配達ノ紙上ヲ以ッテ六十歳以上十五歳未満ノモノハ逃避セヨトノ命令ヲ発表セリ。(道会議員、大見悦之助＝七十八歳の手記)

八月九日の夜、昼間の爆撃で清津の埠頭が間断なく火の玉を吹き上げているころ、羅南管区の兵事部長は管区内の徴兵適齢者と在郷軍人に大規模な警備召集令状を発した。応召者は二十四時間以内に近接する所在部隊の指揮下に入ることが命じられた。召集令状は九日の夜から一〇日にかけて令達されたが、すでに国境付近は敵の侵攻を受けて、官民ともに大混乱の中、撤退を開始していた。

国境に一番近い港湾都市雄基の軍民の撤退は八月九日の夜中から一〇日の午後にかけて

行われた。

またその南にある羅津《らしん》も、九、一〇日にかけ昼夜を分かたぬ爆撃を受けていた。一〇日の明け方、まず要塞守備隊が府庁にも連絡せずひそかに撤退して山中に入った。

前日の夕方、羅津府尹《ふいん》（市長）北村留吉は瀬谷・羅津要塞司令官、宮地参謀長、椎名高級参謀と会談した。北村が「ただちに府民の避難を命ずる必要なきや」と質問したのに対して、瀬谷司令官は「その必要はない。のみならず軍は府民の協力期待することなきにしもあらず」と答えたという。

北村は府民が動揺して個人的に避難を開始するような軽挙をいましめ、軍民一体となって難局に対処しようと呼びかけた。沈着な北村の態度は府民を安心させた。

しかし、その夜のうちに、軍はひそかに撤退を開始したのである。軍が撤退したことを北村が知ったのは翌一〇日の午後二時ころ、迷子になって府庁を尋ねて来た朝鮮人の補助憲兵からであった。

「巡回から返ってきたら本部が空だった」補助憲兵はぼやいた。

北村は騙されたのである。周章狼狽とはこのことであったろう。ただちに避難命令が出され、府民は離散を開始した。

府は避難の方向をあらかじめ鉄柱洞《てっちゅうどう》、会寧《かいねい》、茂山《もざん》をへて順川《じゅんせん》にいたる経路を示していた。この経路はちょうど北鮮の背骨にあたる峻嶺のそびえたつ峨々たる山岳地帯である。軍は大東亜戦争の最終戦を深い峡谷と険しい岩峰を胸壁として戦い抜こうとしていた。かくて人々の大部分は咸鏡山脈の奥地を目指したが、それでもかなりの人々が清津へ至る海岸沿いの道を南下した。

この大混乱の中で令達された召集令状は、当然相当数が宙に浮いた。

「九日、私はちょうど清津に出張していました。ソ連が開戦したというので急遽、出張をとりやめ羅津に返ろうとしたのですが、あいにくと海上は危険だといって海回りの船はもう出ない。汽車で帰るにも国境付近が激戦中でこれも無理。止むをえず歩いて羅津に向かったんです」ある会社員の話である。

清津から羅津《らしん》への鉄道は古茂山《こもざん》、会寧《かいねい》をぐるりと廻って国境の豆満江沿いに上三峰《かみさんぽう》、訓《くん》戎《じゅう》、慶源、青鶴《せいかく》、慶興付近を走る。最短距離はむしろ道路の方である。

「途中、南下してくる避難民とすれ違いながら、ひょっとしたら家族に会えるかと思ったのですがそれはなく、二十時間かかってとうとう羅津にたどりついたのは一〇日の夕方だったと思います。その時は羅津の町はまるで人影がなくゴーストタウンのようでした。もちろん軍隊もいない。途中、梨津《りしん》というところで、もう羅津はだれもいない、ソ連軍に占領されているから行くなとさえ言われたのですが、やはり家族のことが気になって『え

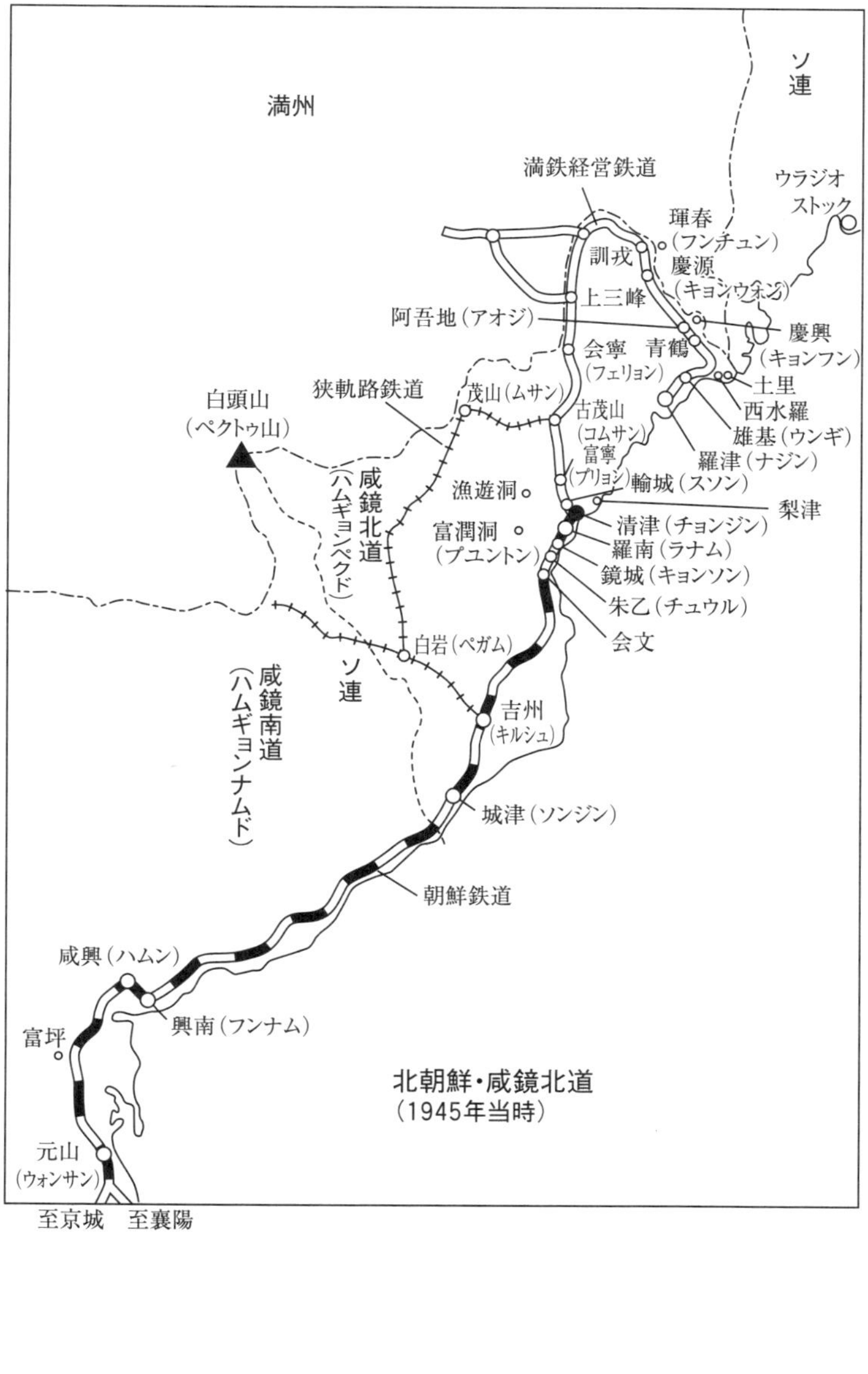
ソ連
満州
満鉄経営鉄道
ウラジオストック
琿春（フンチュン）
訓戎
慶源（キョンウォン）
上三峰
阿吾地（アオジ）
慶興（キョンフン）
会寧（フェリョン）
青鶴
土里
西水羅
雄基（ウンギ）
羅津（ナジン）
狭軌路鉄道
茂山（ムサン）
古茂山（コムサン）
富寧（プリョン）
白頭山（ペクトゥ山）
咸鏡北道（ハムギョンペクド）
漁遊洞
輪城（スソン）
梨津
清津（チョンジン）
富潤洞（プユントン）
羅南（ラナム）
鏡城（キョンソン）
朱乙（チュウル）
会文
白岩（ペガム）
ソ連
咸鏡南道（ハムギョンナムド）
吉州（キルシュ）
城津（ソンジン）
朝鮮鉄道
咸興（ハムン）
興南（フンナム）
富坪
北朝鮮・咸鏡北道
（1945年当時）
元山（ウォンサン）
至京城　至襄陽

い、行ける所まで行ってみよう』と思ったのです。静まりかえった町並を通ってわが家に行ってみると何と女房と子供が門の所に居るじゃありませんか。驚くやら嬉しいやらで」

「しかし、そこで受け取ったのが召集令状なんですよ。女房は令状が配達されたので、これを私に渡さなければ逃げられないと思って、だれもいなくなった町でじっと私の帰りを待っていたんです。召集令状。これは絶対ですからね。応召しないということは陛下に対する反逆だ、軍法会議で銃殺だ、と、こう教えられている時代ですから女房は必死で心細さに耐えて私の帰りを待っていた訳です」

軍が官民に内緒で撤退し、おいてけぼりを食った官民が慌てて逃げ出すという状況の中で、白紙の令状が泥水のように流れ出した避難民に撒き散らされた。

姓名欄に名を書かせて召集令状とするのである。

多くの一家が未曾有の苦難を前にして大黒柱を失った。男たちは妻子の危難に心を痛めながらも自ら背負っているリュックを妻の肩にかけなおしてやり、老母や子供たちを労わり励ましつつ、欣然と召集に応じた。

泥水のように避難民が流れ出している街道の傍らで、涙の送別の宴が見られた。

応召する一人息子の心の負担になることを憂い、自決した老母がいた。

翌日、無防備都市となった雄基と羅津はゴーストタウンのようになりながらも平穏だった。一一日の夕方、まだ残っていた雄基消防団の吉田伊蔵が港に出てみると小型の軍艦が入港して来た。てっきり日本の軍艦だと思って近づいてみるとソ連軍の兵士がぞろぞろと上陸してきたので驚いて逃げ出したという。

一一日の夕方、ソ連軍は羅津を占領した。はやくもソ連軍歓迎の赤旗が見えた。召集令状は清津市内にも撒き散らされた。

「いよいよ善吉さん。お役に立つときが参りましたね」

隣組の組長がおだやかに笑った。

「この清津にも永く住みました。清津の海岸防衛が任務というのも因縁でしょう。善吉さんと一緒というのは心強い」

「そうですか。組長さんも出掛けるのならいよいよ総力戦ということですね」

「内地でも敵の本土上陸にそなえて海岸の防衛線が強化されているらしい。かなりのお年の方が動員されているそうですよ」

「ご家族の方はどうなさいますか」

「いや、いざというときは山の中にでも避難させますが、当分は国境付近で一進一退でしょう」

昭和一五年八月、この付近は張鼓峰《ちょうこほう》の砲声に震駭した。一ヵ月の流血の紛争の末どうやら収まったが、今回のソ連軍の侵攻もその程度に考えている人は少なからずいた。「その程度」と考えたのは、張鼓峰事件の際のソ連との和平を、ソ連軍がしっぽを巻いて降参したのだという政府筋の宣伝を信じている人が多かったからである。

実は張鼓峰の戦いは第十九師団が壊滅するかと思われるほどの惨戦であったが、そのことを知る人は少ない。

警備召集であるから清津の沿岸を警備するのが目的であって、少なからざる人が本格的な戦闘部隊ではないと考えていた。出頭場所は清津商業学校、天馬国民学校の校庭とされた。

ほぼ即日の召集である。時間があれば善吉は萬人を京城にいる親戚にあずけるために連れていくこともあり得たが、突然の召集では対応が間にあわなかった。

萬人は黒田という善吉の知り合いの家にあずけられることになった。この家の主人はすでに、この六月三〇日召集を受けて、いまは年寄り夫婦しかいない。

会社は整理して当分閉鎖する。ありあわせの金を集めて従業員に一ヵ月分の給料を渡したが、その時になって若い朝鮮人の従業員にも令状が配達されていることを知った。

「男子は根こそぎ動員か」

善吉がつぶやくと

「ワタシタチハテイコクシンミンデス。チェンリョクヲツクシ、テイノウヘイカノタメニタタカイマス」

とその従業員は眉宇《びう》に決意をみなぎらせて言った。

日本の支配下にあった朝鮮人の心情は一様ではない。その悲痛さは、日本の反民族教育が朝鮮人の社会に浸透して、朝鮮人相互の中で分裂が起きたということにも根ざしている。

一九一九年三月一日、朝鮮全土の数百万の朝鮮人が「朝鮮独立万歳」を叫んで街頭にくり出した。いわゆる三・一独立運動である。

この結果は、日本の官憲による残虐な弾圧を惹起し数万の朝鮮人が投獄され、あるいは虐殺されたのであったが、一方日本側にそれまでの武断統治を反省させ懐柔政策への転換をもたらした。

とくに日本の帝国主義的な政策を遂行する上で、朝鮮の物的資源ばかりでなく戦場に駆りだす人的資源も必要になってくると、日本人も朝鮮人もひとしく天皇の赤子である、皇民として区別はないという宣伝がはじまった。総督の南次郎はとくに強く内鮮一体を強調した一人で「(朝鮮人と日本人は)血も肉も悉くが一体でなければならない」「朝鮮は植民地ではない。朝鮮を植民地であると言うものがいたら殴りつけろ」と絶叫した。

このことは朝鮮人にとってはそれまでの支配・被支配の関係を示す差別的政策の転換であるかのように見え、歓迎された。

しかし、日本側の目的は南自身が述べたように「物ヲ制セントセバマズ心ヲ制セザルベカラズ」であり、ひいては「七生報国ノ精神ヲモッタ」天皇に忠節な朝鮮人兵士を得ることにあった。いわゆる「内鮮一体」論は権力者の典型的なデマゴーグのひとつであった。

他方、当初は朝鮮人から見ても弱小と見えた一小国の日本が満州、北支を制し英米などの列強の干渉さえもはね返して、列強と互角に対決するようになり、その列強さえもある程度の融和政策をとるかに見えてくると、朝鮮人一般には日本強しという印象が広がり、独立への展望を失う朝鮮文化人が増加していった。そして内鮮一体論者なる積極的なイデオローグも生まれたのである。当時、朝鮮人自身によって書かれた「内鮮一体の三大書」の一つとして紹介され、一年間に実に一万四千部を売り、当時としてはベストセラーであった『朝鮮人の進むべき道』（一九三八年刊）の中で著者・玄永燮《げんえいしょう》は、日本人と朝鮮人は歴史的に同種同根の民族であることを回顧しつつ、

「いつか朝鮮人は完全なる日本民族となるべき運命にある。それはわれわれ朝鮮人の進むべき唯一の栄光の未来である」

「朝鮮人が朝鮮人の欠点を百パーセント清算するとき、諸君は日本精神の指導的地位につける。要は小さき朝鮮的なものを揚棄、清算することだ。朝鮮語や朝鮮服、朝鮮の家屋、形式的な祖先崇拝、朝鮮史、かかるものを完全に揚棄してしまい、さらに精神的に日本人感情に浸潤してしまうことだ」

と論じた。

また「東洋の光」社主催の学生紙上弁論大会において、京城帝国大学の朝鮮人学生の一人は「祖国愛・半島青年同胞にささぐ」と題して次のようにいう。

「日本に祖国を見出し得ない者は、他の半島人にまでその毒を及ぼす前にいさぎよく自刃して、彼らが失なえりと妄想する祖国に殉ぜんことを勧めたいのである。もし自刃する勇気がなければ、日本の国籍から、否、日本を盟主と仰ぐ大東亜共栄圏から速やかに去れ」

かつて民族運動の指導者であり朝鮮近代文学の先達とうたわれた李光洙《りこうしゅ》は、進んで「香山光郎」と創氏改名し、「おおきみのみ恵みをうけし」とか「あまつ日子は現神（あらひとがみ）なれば」という枕詞をふんだんに使った和歌をつくった。

太平洋戦争の初期において日本の目覚しい戦果が伝えられると、すすんで日本の「皇民化政策」の先達となる朝鮮人文化人の例は枚挙にいとまがないほど増えた。

もちろん、朝鮮人学校においては徹底したいわゆる日本精神の注入が行なわれた。

青少年は朝な夕なに「ワレラ皇国臣民ハ忠誠モッテ君国ニ奉ゼン」ではじまるいわゆる「皇国臣民の誓い」を唱和させられた。

国民学校の生徒の場合は口語体で「一、ワタシタチハ大日本帝国ノ臣民デアリマス。二、ワタシタチハ心ヲ合ワセテ天皇陛下ニ忠義ヲツクシマス。三、ワタシタチハ忍苦鍛錬シテ立派ナ強イ国民ニナリマス」と唱和する。

純真な青少年が、そうした教育と社会的な雰囲気の影響を受けないはずはない。彼らはむしろ身を挺して「内鮮一体」のさきがけになろうとさえした。文化人のように苦悩の末、日本精神との接点を求めるのではない。また論陣を張るのでもない。進んで志願兵となり、軍に身を投じて朝鮮人も皇国臣民であることを示そうとしたのである。彼らの壮烈な戦死は日本人の魂をゆるがし朝鮮人に対する不当な差別を反省させるだろう。青年たちはそう考えた。

少年飛行兵等に志願し、神風特別攻撃隊々員として戦死した者だけでも十数名の名が知られている。もちろん、戦死したのは彼らだけではない。大陸や南溟《なんめい》に散った数万とも数十万とも言われる朝鮮人の数や氏名はほとんど分かっていない。

これに対して、戦争末期の総督府の文書が「彼ラ（朝鮮人）ハ『内鮮一体』ヲモッテアタカモ日本人トヒトシイ地位ト待遇ヲ受ケザルベカラズト誤レル、時トシテ不穏ナル論ヲナスモノアリテ」と警告を発しているのは、「内鮮一体論」や「皇民化政策」、あるいは「天皇の赤子として一視同仁」なる議論の限界と性格をあますところなく示したものであった。

朝鮮銀行券

学校はなかった。学校にいかなくなると新聞配達も自然にお休みになった。

夜になると空襲があった。爆音が空を圧し爆発音が空気を震わせたが、逆に港や町の火災は下火になっていた。

一二日昼、武は縁側で木を削っていた。木の軍艦をつくろうというのである。

と、萬人が庭に入ってきた。

「や、ばんじん」

「武、なにをやっているんだ」

武は庭の土の上に軍艦の絵を描いて萬人に説明した。

「航空母艦と戦艦を一緒にしたような奴。航空戦艦というんだ」

「戦艦か。古い。武、いっそ航空母艦と潜水艦とを一緒にした奴にしたら。サンフランシスコのそばまで潜っていって、突然、じゃーんと浮かんで飛行機を発進させる」

「でも、今だって潜水艦で飛行機を積んでいるのもあるんだぞ」

「じゃ、空飛ぶ航空母艦。こーくう、こーくう母艦」

「だめだ。図体が大きくてかっこ悪い。空飛ぶ豚だ。豚田兵だ」二人は笑った。

「空飛ぶ校長。禿頭で敵の探照燈（サーチライト）を反射する。敵は眩しくて見えない」

校長が手を左右に翼のようにして飛ぶ様子を想像して、笑いが止まらなくなった。

ひとしきり遊んでから二人は仲良く家をでた。

「町に出てみるか」。とくにあてもない。

数台のトラックが兵士を満載してすれ違った。港町、税関広場、弥生町、入船町、宝町などは、建物が疎開でなくなったので海岸線の曲線がずっと遠くまで見える。天馬山の下の海岸ではいつものように朝鮮人の人夫が立ち働いていたが、その中にカーキ色の軍服が立ち混じっているのがやや異色の風景。海岸の通りにはいつものようににぎやかな人の行き交いがあった。防波堤にはちらほらと魚釣りの糸を垂れている人さえ見えた。

夏の強い陽光の下できらきらと波が光る。

一見して港町の清津には、平和な日常が残っているかのように見えたが、さすがに埠頭に近づいてみると凄惨な光景が展開されていた。

大型の漁船が上部を真っ黒に焦がして埠頭に接岸したまま船体の後ろ半分を水に沈めていた。春田を探しにやってきた林兼水産の桟橋や、いつもは数十の小型漁船が係留されている船溜まりには、黒焦げになった漁船があるいは転覆して腹を出し、あるいは水船になって船体の半分を沈め、あるいは上部構造をすっかり焼き払われ、筏のようになってぷかぷかと遊び波に体をまかしていた。

海の底には沢山の白いものが動いていた。紙である。大量の紙、新聞紙、雑誌、漫画、事務用紙、アルバム、写真紙、包装紙、ふすま紙などが海草のようにゆらめいている。

朝鮮人の子供たちが岸壁からしきりに水の中をのぞき込んでいるのを、二人も後ろからのぞいて声を上げた。

海の底に紙幣が束になって沈んでいるのである。少年たちが竿やたも網で海の底をつついている。見ていると少年の一人がざんぶと飛び込んで、やがて一掴みの朝鮮銀行券を掴みとって上がってきた。「お金」は空気の中に掴みあげると泥のように溶けかかった。

朝鮮銀行略史によると九日の爆撃で、清津の埠頭に陸揚げされていた未発行の朝鮮銀行券一七二箱の内九〇箱が消失したとあるが、その相当数は火災とともに吹き上げて海面に落ちたのである。この日（八月一二日）防波堤で釣りをしていた清津中学一年生の生徒、に書いている。
藤田和正も防波堤の裾にへばりついた大量の朝鮮銀行紙幣を見たことを思い出の手記の中
「ばん、山にいってみよう」
清津神社の階段の脇から細い道に入り、唐松の林を抜けるとすぐ美しい高秣山の尾根に
でる。登っていくと突然木陰から鋭く誰何《すいか》された。
銃剣を持った兵隊が二人、厳しい顔で、
「ここから先に登ってはいかん」
と言った。磨き抜かれた黒い銃剣が不気味に精悍な光を放っていた。
「ちぇっ、ここは要塞地帯になったんだよ」
やむなく、二人は東海岸の街並をはさんで高秣山《こうまつざん》と向いあっている山、双燕山《そうえんざん》に登って
いった。この山は八十八箇所とも称されている。日本人の寺院、高野山がこの山を保有し
ており美しい松林の木陰に地蔵尊がある。なんでも四国八十八箇所にちなみ八十八の地蔵
尊があるそうであるが、いつもは少年たちの絶好の遊び場でもある。
しかし、ここにも木陰に身を潜めた兵士がいて、敵を待ち伏せするような気迫に満ちた
声で咎められた。木の間に急造のトーチカが見えた。
「ちきしょう」

二人は山遊びをあきらめて「東海岸」の舟遊びにすごした。この港は平穏である。夕焼けにきらめく金波搖渺《ようびょう》の海の美しさはたとえようがない。二人は海岸で無心に遊んだ。遊びすぎたと思ったのは「空襲、空襲」の声を聞いたときである。

敵機の集団は南の海上から高秣山の上空をかすめるように現れた。

「こらっ、かくれろっ」

だれかが怒鳴っていた。

二人は転がるように走り近くの横穴式の防空壕に走り込んだ。大きな防空壕であった。中には沢山の人が入っていた。

空襲は長かった。

「ウラジオストックからすぐだろう。やつらは爆弾を落とすと戻る。そしてまた爆弾を積み込んできよる」

警防団の腕章をつけた男がつぶやいた。

防空壕の外では、遠く近くに爆発音が響いた。対空射撃の音も響く。空襲はなかなか終わらない。夕闇が迫り、いつか夜がやってきた。

だれが準備したのか防空壕の中の人々に握り飯が配られた。一応腹がくちくなると二人は重なるようにして眠った。夢の中でドン、ドンとしきりに爆音が響いていた。

敵軍上陸

清津には「東海岸」と呼ばれる補助港がある。南面している清津の主要港から東に向って一キロばかり、軒の低い敷島町、寿町の町並を通過すると日本海に向って東面するこぢんまりとした港にでる。おそらくこの港が漁港清津府の発祥の地である。

こぢんまりした防波堤に抱きかかえられて、港の中に十数隻の漁船が係留されている。東正面には広大な日本海の水平線で、たとえようもなく美しい朝日が昇る。

武は今は山の手の福泉町に住んでいるが、幼いころは「東海岸」の寿町に住んでいた。小学校にあがってはじめての図画の時間に、水色の水平線の上に真っ赤な「お供え餅」のような「お日さま」を画いたが、その構図は武ばかりでなかった。

「好きなものをおかきなさい」といわれて、何人かの子供たちが同じテーマを描いたのである。人生のはじめにあたって最も印象の強い大自然の光景が、らんらんとして昇る朝日であったことは、この地に生まれた子供たちのかけがえのない幸せであったと、武は今にして思うのである。

武は長じて有名なマニラ湾の夕日を見たことがある。しかし、清津の「東海岸」のあざやかな、あの鋭い光りの交響曲の印象に及ばないと思った。「朝の鮮やかなる国」という半島の名の相応しさはあの朝日によって、さらに強められて武の心をつきさす。

清津は北鮮と日本本土を結ぶ、北鮮における日本海軍の基地であり大きな鉄道接続駅であった。市には大きな軍事工場があった。日本軍部は清津を強力な設堡地区に変え、そこに人員四千人の守備隊を配置していた。市の周辺には地下通路で相互に結びついた塹壕と一八〇の永久火点や特殊火点とからなる二条の防御線のラインが構築されていた。防御線の最前端は地雷原で覆われていた。海からの接近路は沿岸防備台で防衛されていて、市の石造建物には防御装置がほどこしてあった。太平洋艦隊司令部は清津の攻略のために上陸作戦を準備し、実施することに決定した。上陸部隊には太平洋艦隊参謀部第一四〇偵察隊、海兵隊第三九〇大隊一個自動銃兵中隊、海兵隊第一三旅団、第一極東方面軍第三五五狙撃師団が割り当てられた。上陸部隊を積んだ艦艇の航行と接岸揚陸は総数一八九機の艦隊空軍兵力によって援護された。(『第二次世界大戦史⑩』ソ連マルクスレーニン主義研究所編)

八月一三日の早暁の東海岸。燦然たる太陽が昇るはずの暗い水平線から忽然と一群の高速艇が海岸に接近してきた。

敏捷な黒い影は夜目にも白く白波を泡立てさせながら、一旦は古ぼけた防波堤にすり寄ると見えたが、すぐにその突端を回って一隻、また一隻と湾内に入って来た。

ソ連軍の太平洋艦隊参謀部第一四〇偵察隊所属、ヴェ・エヌ・レオーノフ上級中尉指揮下の先遣隊である。

レオーノフ中尉は部下と一緒に栈橋のひとつに飛び上がった。

栈橋には驚いて飛び出す数人の影があるのみで、防衛する兵力は全く見当たらなかった。栈橋に飛び出した人々はたちまちソ連軍に包囲された。ほぼこの辺の網小屋に寝泊りしている朝鮮人の漁夫である。海岸にある家々がすばやく制圧されて寝惚《ねぼ》け眼《まなこ》の住民たちが一箇所に集められた。

ソ連軍の主力は暗闇の中を高秣山方向の傾斜地を登り、はやくも刑務所付近の高台に進出した。また一部は谷合いを挟む反対側の双燕山側の斜面に小型榴弾砲を据えた。清津神社付近にあった日本軍警備隊本部は息せききって飛び込んできた警防団の男から、「ソ連軍上陸」の第一報を得て混乱に陥った。

一時は半信半疑である。敵の上陸といえば輸城川付近から南の砂地に艦砲射撃を皮切りに、上陸用舟艇の大部隊を以って堂々と行われるものと考えられていた。アッツ島、サイパン島、テニヤン島、硫黄島、沖縄等々、米軍の上陸作戦はいつもそのように行われたと聞いている。

不意をうたれて、反撃体制も取れぬままにあたら時間がたった。

一方ソ連軍も主力の上陸を待ちながら、いわば威力偵察の任務を果たせば充分であったし、足下の暗い中で強引に進撃する必要はなかった。

双方、睨みあいのままじっと明け方と戦機を待っていた。

「東海岸に敵軍上陸」の知らせは、清津の町を大混乱に陥れた。

実は正式の避難命令は前日（一二日）の夕方に発せられていたが、口伝えの連絡であるから命令は府民に徹底しなかった。こうした時の常で、公的な機関と密な官吏や大会社などの組織にいる人への連絡が一番はやい。大組織に所属していない人々に対する避難命令伝達は警察組織の他は、町会のような庶民間の連絡組織による他はないが、警察は軍に編入されて事実上解体していたし、隣組の組長のような町会の活動分子の多くも警備召集などで不在であったから、庶民の間の連絡網ははやくも麻痺していたのである。大組織に所属していない人々にとって、この早朝のソ連軍上陸の知らせはまさに寝耳に水と言ってよかった。

「警察とか、府庁の人、鉄道の人たちの避難ははやかった。みんな民間人を置き去りにして逃げた」

と今日までも恨みを込めて語られる事情はこうした経緯によるものである。

避難命令には避難場所は「富潤洞《ふじゅんどう》」方面と指示されていたものの、もちろん、その伝達も徹底していない。人々はただひたすら府から逃がれでたのである。

府民の避難は南北ちりじりになった。まさに「蜘蛛の子を散らす」状態である。南に向う羅南街道、北に向う清津・茂山間の街道は避難民であふれた。


萬人と武は濠内でぐっすり眠っていた。夜半一〇時ごろドーンという、得体の知れない大爆発が府内を揺るがせたが、それにも気がつかなかった。

しかし、暁闇、だれかが外から怒鳴った。

「東海岸にソ連軍が上陸しました。皆さん避難命令がでました。避難してください」

今度は揺り起こされて二人は外にでた。外は真っ暗だったが天馬山の向こう側が赤かった。日本製鉄の溶鉱炉が銑鉄を流し出して、自爆したのである。武は母や妹たちのことが気になったが、とにかくぞろぞろと他の避難民と一緒に福泉町の暗い高台に登った。暗いがかすかに朝の匂いがした。輪城川の河口を染めて炎々と燃える赤い火が見えた。薄明の中を町の方から黒い影が、がやがやと沢山登ってきた。朝鮮語も聞こえる。

「戦闘要員は集合」

だれかが怒鳴っていた。家族を送ってきた、りりしい鉢巻き姿がいくつか見えた。片手で軍刀を押さえながら小走りに走って去るものもいる。子や妻を、夫や父を呼ぶ悲痛な声が交錯した。

突然、東海岸の方で「どっどっど」と機銃がうなりだした。

「試し撃ちをしているのよ」どこかで若い女の声が聞こえた。

「まだよ。敵は来ていないわ」

しかし、信号弾の青い光がするするとのぼって、薄明の空に美しく咲いた。銃声は一層激しくなった。

「戦争かしら」また女の声が聞こえた。

「まさか、もう」別な女の声が不安そうに答えた。

しかし、すぐに銃声は下火になった。人々は暗闇をすかすようにして東海岸を眺めた。灯台や放送局のある高秣山半島が黒々と沈んでいる。

「偵察隊だってよ。おどかしたんじゃない」

「逃げたのかしら」

人々は高台に座り込んで町並を眺めていた。いつもと変わらぬ朝の風景であった。暗いが澄みきった朝の大気の中に明けの明星が鋭い光を投げていた。

「船が見える」男の声に皆は水平線を眺めた。

かなりの沖に何隻かの艦艇が黒々と、しかし眠っているように停泊していた。

「あれ、敵じゃないかしら」また女が言った。

「でも撃たないわ」

「日本海軍だろ」

「連合艦隊かな」

「まさか、連合艦隊はあんなにちゃちじゃない」

「日本海軍に決まっている。敵を待ち伏せしているんだ。じっと静かにな」

だれかが断定した。小艦艇群ながらわが海軍の沈毅な威容は人々の不安な胸を打った。

「万歳。日本帝国海軍万歳」

人々は感動してどよめいた。

朝の一番鶏が鳴いた。やがて空はすっかりあけはなれたが戦闘は起こらなかった。

「なんだ。なんでもないじゃないか」そんな声が人々の間に起きた。さらに後ろの台地から一群の人々がおりてきて、敵は撃退された、各自帰宅せよという命令がでたと伝えた。

「そりゃそうだろう。帝国海軍があれだけ網を張っているところに飛び込んでくるほど、露助だっておひとよしじゃないさ」

歓声があがり人々はいろいろな憶測をしながら、それでも嬉々として台地をくだりはじめた。


越エテ十三日指導部ハ払暁突如府民ハ全部裏山ニ避難セヨトノ命ニ驚キ数万ノ府民ハ各自非常袋ヲ背負イ或イハ嬰児ヲ手ニ携フルモノアリテ其ノ混乱ノ実情名状スルアタワズ九時頃ニ至リ帰宅ノ命報ニ接シ皆安堵シテ下山シタリ。（道会議員、大見悦之助の手記）

福泉町の高台をかけおりると二人は萬人があずけられている黒田家に向った。なにを焼いているのか、途中の朝鮮銀行の社宅付近で猛烈な黒煙が上がっていた。黒煙が一帯を這い回って日も暗くなるほどである。じつは朝鮮銀行の未発行紙幣が重油をかけられて焼かれていたのである。しかし異様なほど人影が見えない。

黒田家は小さな門構えのある家である。家の前はしんと静まり返っていた。

木戸が開けっ放しになっていた。だれもいない。

ちゃぶ台の上に書置きがあった。

――おじさんたちは遠くに避難します。しげとちゃんも避難してください――

前日の夕方の時刻が書いてあった。

「なんだ」置き去りにされて萬人はかえってさばさばした顔をした。そして奥の部屋からリュックを持って出てきた。萬人がこの家にあずけられたとき衣類を詰めてきたらしい。

「春田にまた会えるかな」

萬人はリュックの詰め直しをしながら、その中から黄色い麻の袋をとりだした。

ハーモニカが入っていた。袋には墨汁で「清津公立国民学校・福島萬人」と大人の字で書いてあった。

「どうかな、あいつの家までは遠いし」武も萬人も首をかしげたが、結局、ハーモニカはリュックの中に詰めこまれた。押入れにあった乾パン袋などを詰めてから二人は家をでた。

こんどは武の家にいった。ここにもだれもいなかった。

「やっぱり、避難したんだろ」

妹たちのふとんがオンドルに敷きっぱなしになっていた。

「すぐ帰ってくるさ。とにかく腹が減った」

武が台所からお櫃と茶碗をもってきた。二人は飯台《はんだい》の前にきちんと座り、これも残してあった漬物をおかずにして飯を食った。ご飯もおかずも充分にあった。

終わると二人は茶碗をかたづけて台所で洗い、飯台も丁寧に拭いた。

窓を開けるとどっと日光が流れこんできていつもの朝になった。海が光っている。

武は床の間の上の小物入れをごそごそやって、見つけた。

「みろ、ばんじん」

刀であった。短い。

「名刀長船だ」

刀の銘をでたらめにいうと、武はおもむろに刀を抜いて「やっ」と振った。

「いける、これで敵に切り込もう」萬人が手を叩いた。

真剣の沈鬱な光が流血を求めて少年たちを戦闘へ駆り立てた。

「これこそ大和魂だ。露助なんかに負けるものか」

抜き身を振ってみると凛々たる不思議な闘志が湧いてきた。二人は交互に刀を振った。

しかし、やがて刀を振ることも飽きて座敷に座ると急に眠くなった。

「今朝は早起きしちゃったな」

武の家族はいつまでも帰って来なかった。二人はいつもと変わらぬ日だまりの座敷で家族の帰宅を待ってうとうとした。

急襲

突然、どーんどーんと爆音が響いた。どっどっどっと機関砲の音が聞こえ、次いで耳をつんざくような大爆音が家を揺るがせた。平和な銀色の夏の大気が振動した。二人が外にでるとカーキ色の軍服が走りまわって、

「ソ連軍が上陸します。避難してください」

と怒鳴っていた。さっきまで人影のなかった通りを騒然と人々が走っていた。リュックを背負い子供の手を引く婦人たちが多かった。

町の風景は一変していた。腹にこたえる銃砲声がこだまし、町の各所に火の手が上がっている。二人は顔を見合わせた。

「こんどは本当に来たらしいぞ」

目抜き通りになる海岸の方に出ようとすると、途中の北星町の「遊郭」の前で通行が阻止された。きらめく銃剣に混じって丸腰の兵隊が舗道の石を積み上げてバリケードを造っていた。

「山の方にいけ」

銃剣の兵隊が厳しい顔で指示した。

二人が、混雑している人々から抜け出すと、いつも新聞を配達する「遊郭」の玄関の土間にでた。すさまじい落花狼藉である。磨き上げられていたはずの廊下が泥足に汚れ、展示してあった女の写真が土間に散乱していた。畳や襖が切り裂かれ色模様の派手な女の着物がなまめかしく投げ棄てられて、銚子や徳利、一升瓶が六～七本も転がり横板に酒のしみが滲んでいた。

高価な屏風が鋭い刃物で切り裂かれていた。その屏風の影が動いたと思うと子供が一人飛び出してきた。この間の女の子であった。

「あれ、お前、ひとりか」

「ウン」

女の子はこの間と同じように着物を着ていた。

「ばんじん、この子は置いていかれたんだ。あの女の人たちに」

「うむ、じゃ、一緒にゆこうか、連れていこう」

「ばんじん、どうする」

「なにが」

「切り込みだ」

「うーん、でも、先にこの子を連れていこう。切り込みはそれからだ」

「何ちゃんてんだ、名前？」

武が女の子に聞いた。

「ゆうじゅん」

「ゆうじゅん？」

「うん」

「この子、朝鮮人の子だ、ふーん？」

名前から萬人が即座に判断した。

二人はあらためて、しげしげと女の子の着物姿をながめた。

「ゆうじゅん、一緒にゆこう」

と武が言うと
「うん」

安心した素直な笑いがこぼれた。女の子は素足に赤い鼻緒の草履をはいた。

この日、昭和二〇年八月一三日の朝、東海岸にソ連軍上陸の第一報が入り、小競り合いが開始されると、激戦中、敵撃破、敵退却中等々の楽観的な観測や情報が、水に浮かんでもみあうわらくずのように流れた。

「ウラジオストックに皇軍上陸」「沖縄の米軍、降伏」「連合艦隊来援中」「第二次日本海海戦開始、吉州《きっしゅう》沖で決戦」等々

情報には空想を加えての尾ひれ、端ひれがついた。

福泉町の山の上で一部の府民たちが「日本海軍万歳」を叫んでいるころ、約一キロ離れた天馬山の下の海岸通りでは、避難府民が恐慌状態で逃げまどっていた。

ここでは清津沖あいに集結していたのは「日本海軍」ではなくてソ連軍太平洋艦隊の艦艇であることが早くから知らされていた。海岸の水際では応急に召集された府民兵士たちが、歯の根もあわぬ武者ぶるいに苦しみながら、黒々と沈黙している敵艦隊の姿をにらんでいた。

この兵士たちが持つ機関銃や銃剣の光におびえた避難民たちは、いっそう惑乱して逃げ走っていた。

しかしソ連艦隊は、府を威圧する砲口を向けたままじっと動かなかった。艦橋にたつソ連士官たちの双眼鏡には町中の大混乱が見えたはずである。

日本は八月一〇日、連合国に対してポツダム宣言の受諾を打電していた。当然、日本軍は戦意を失っているはずという期待もあったのかもしれない。事実、雄基、羅津の日本軍は府を放棄し、ほぼ無血占領が達成されていたのである。

そのためか、ソ連艦隊はじっと動かなかった。やがて山に避難していた人々の一部に「帰宅してかまわない」というデマが流れたのはこの静けさがあったからである。

ようやくソ連軍が動き出したのは午前一一時すぎ、太陽も中天にかかっているころであった。山から帰宅してほっとして「お昼の仕度をはじめたところだった」と言う人もいる。

米軍がやるような準備砲撃もなく、突然、ソ連艦艇の後ろから数十の上陸用舟艇が精悍な姿を現し、白波の航跡を泡立たせながら一斉に輸城川の河口付近を目指した。

粛として満を持していた日本軍の砲がこれに応じた。

高秣山に配備された第一歩兵補充隊歩兵砲小隊や羅津から到着した第四六高射砲大隊の一部中隊である。第一弾から、高秣山付近からの砲弾は清津湾を横切り、輸城川河口に混み合う上陸用舟艇群をほぼ正確に直撃した。

たちまち群立する水柱の中で舟艇がつぎつぎと転覆した。

「清津北側付近の、とくに師管区より配属せられた歩兵砲小隊のごときは上陸用舟艇一八隻中、一一隻を撃沈あるいは転覆せしめ」

と、羅南地区司令官佗美《たくみ》浩少将の戦闘報告が残されている。

砲弾の雨を潜りながら海岸に接近する上陸用舟艇を援護して、ソ連軍の艦砲射撃が開始された。

上陸用舟艇が天馬山下の砂地に接岸するや「万歳っ」の叫喚をあげて、服装もまちまちの、学生服や老人さえも含む老若の日本軍兵士の一団が砂をけたてて突撃した。この早朝、義勇軍として清津駅の前で編成され、手榴弾の投げ方、銃の扱い方を教えられた上で、急遽、海岸線に投入された一隊であった。敵の進撃を遅らせるだけの目的を持った、いわば遅滞戦闘の任務だけを持った部隊である。全滅が当然に予想されている、捨て駒であると言えないことはない。

「天皇陛下万歳」の叫喚と自動小銃の連射音のなかで、水際の壮烈な白兵戦が展開された。

銃剣と日本刀の白刃がきらめいた。激闘は次第に輸城川河口へと広がり移動した。

その間にソ連軍は漁港の桟橋に輸送船を接岸して、砲を上陸させた。日本軍の戦略の中には港湾に対する直接攻撃というものは考えられていなかったらしい。上陸戦というものは兵力を展開しやすく、また上陸用舟艇を乗り上げやすい広い砂地や海岸であるべきで、防波堤や倉庫の建物などが胸壁となり、広く機動戦の展開できない港湾施設の中心部に兵を上陸させるなどということはあり得ないと考えていたようである。

「ついで正午ごろ清津港桟橋付近に軍艦一隻、輸送船二隻進入し、兵力を揚げそれぞれ陣地攻撃にきたる。準備整いたる陸正面に対しては、敵の侵攻きわめて緩徐にして、新状勢にもとづき準備中なりし海正面よりする攻撃が急速に実施せられた形なり」と侘美報告（羅南地区司令官侘美浩少将の戦闘報告）が述べている一方、ソ連側の戦史も港への攻撃上陸が敵の不意をついたことを誇らしげに述べている。

ここでいう「清津港」とは工場群に近い建設中の新港のことである。

「上陸兵は二時間で港を攻略した。敵は海からのそれほど大胆な攻撃を予期しておらず、組織的な抵抗を示さなかった」（ソ連側戦史）

ソ連兵たちは家々の路地を走って羅南街道に進出しようとしたが、堅固な建物に寄ったバリケードの日本軍の銃撃に阻止された。

日本製鐵、三菱製鋼所などの工場地区は男子社員や工員によって編成された特設警備大隊に守られていたが、ここでも激しい戦闘が展開された。

この日の午後から夕方にかけて日本軍の抵抗は次第に強化されてきた。軍は清津（輸城）平野での決戦を呼号していた。会寧、茂山、羅津付近の各部隊は続々と南下して清津に集結しつつあった。ひそかに羅津を逃げ出したとして羅津府民の非難を浴びていた第四六独立高射砲大隊の主力や、第八五独立高射砲大隊もその中にあった。

福泉町の高台から海を見ると輸城川河口に上陸用舟艇が混み合い、水柱が立ち、閃光が交錯していた。軍艦の舷側に閃々《せんせん》と砲火がきらめく。

銃砲声が大気に充満し、天馬山の上にしきりに砲弾が落下するのが見えた。

「なんだ、日本海軍じゃないんだよ。あれは敵だ。敵の海軍だ」

萬人がふくれっつらをしながら海を指した。今や事態ははっきりとしていた。二人とも少しがっかりした。

「連合艦隊は全滅している」

春田の言葉をいやでも思い出した。

「駆逐艦かな。小さいな」じっと戦闘状況を眺めていた萬人が呟いた。しかしこの艦隊はソ連軍太平洋艦隊の主力であった。主力艦は巡洋艦である。

東側の高秣山半島も砲煙につつまれている。半島の周りには小型の軍艦が停泊して、しきりに半島を砲撃していた。ここでも砲火が閃々ときらめく。

「どうする。ばんじん」

「どうしょうか」

「まだ、戦争ははじまったばかりだぞ」

「山にいけ。避難しろ」

どこかで声がすると思って下の道路をのぞくと、これも逃げ遅れた親子連れが、右往左往し軍服が怒鳴っていた。

逃げ場を失った人々は、追い上げられるように山の上に移動していた。

やがて空気を切り裂く弾丸の音が嵐のように来襲した。石垣にあたった弾丸が炸裂した。人々は悲鳴を上げて逃げまどった。山の方においあげられる避難民に押されるように、二人の少年が赤い着物の女の子の手をひいていた。

清津市街の後ろに屏風のようにそびえているのが通称「らくだ山」である。咸鏡山脈の前峰といってよいだろう。尾根がらくだの瘤のように見えるという。

その「らくだ山」の峰まで来ると市街戦の展開されている全市街がパノラマのように広がった。

憲兵隊分駐所、裁判所、警察署、水上警察、府庁付近など市街の要所から黒煙があがっていた。西に広がる輸城平野、そこでは日鐵、三菱製鋼所、朝鮮油脂など工場の建物が明るい炎を上げて自爆していた。日鐵では溶鉱炉の入口が開けられ銑鉄が流れるままにされた。

日が暮れはじめると戦場はいっそう凄艶な美しさを見せた。敵軍の攻囲を受ける植民地都市清津は赤い夕焼けと黒い煙のくまどりに彩られ、苦界に身を落とした厚化粧の女が狂乱しているように見えた。鮮烈な火炎の色と黒い煙が、植民地らしい洋風の家の白い壁や蔦の這う緑の塀を包んでいた。黒煙の塔が湾の上空に壮大に立ちのぼっていた。

「なーに、わが軍は露助なんかに負けやしない」

だれかが大きな声で言った。

「まもなく敵を撃退するさ。そうしたら家に帰れる」

海岸通りにしきりに爆炎が上がった。

「それみろ、わが軍の大砲が上陸した露助の真ん中に落ちてる。ざまーみろ」

人々は尾根づたいに移動していく。尾根は厳しい岩の崖が露出していた。暗い尾根を移動するのも自ずと限度があった。日がとっぷり暮れると人々はやむなく暗い松の茂みに身を潜めて夜の明けるのを待った。ある松の茂みでは子供だけが三人じっと座っていた。男の子二人。赤い着物を着た小さな女の子。

「ゆうじゅん、寒くないか」

萬人がゆうじゅんをいたわった。

武は自分のリュックを下ろすと中からセーターを出してゆうじゅんに重ね着させた。

大きなセーターはまるで袋のように小さな体を包んだ。

「へっ、おばけみたい」

ちょっとゆうじゅんははしゃいだ。笑いが闇の中についた明かりのように輝いた。しかし、それからは武のリュックに寄りかかったまま音がしなくなった。眠ったらしい。

下に見える清津の市街のうち天馬山と高秣山の周辺が、とくに絶え間なく炸裂の火の粉を上げていた。天空にかかる青い照明弾が疲れた避難民の顔を幽鬼のように浮かび上がらせる。

「ね、夜襲するのよ、皇軍は」

暗い近くの茂みで若い女の声がつぶやいた。

「日本軍は夜襲が得意なんだよ」子供のはずんだ声がこれに応えた。

事実、天馬山と高秣山周辺のソ連軍は猛烈な日本軍の夜襲を受けていた。

日本軍は列車を使って会寧、茂山の諸部隊を南下させ天馬山の西側の山地から双燕山にかけて布陣し、高射砲弾も含め間断なく榴弾の雨をふらした。

また市街を一望に見渡す双燕山の迫撃砲がとくにソ連側に脅威を与えた。

昼間こそソ連軍の橋頭堡は「爆撃機一八九機、戦闘機五一機の艦隊空軍兵力によって援護された」（ソ連側戦史）が夜間に入ると、空軍の支援は期待できなくなった。

東海岸の上陸戦部隊に対しては、高秣山に集結した部隊が波状的に夜襲をかけた。それは白刃と手榴弾をもってする服装も雑多な義勇軍の突撃ではあったが、地理不案内の上陸部隊の心胆を脅えさせた。

また、輸城川河口付近のソ連軍も間断のない突撃の叫喚に脅えなければならなかった。

そしてついに、清津港付近に上陸した部隊は一旦は橋頭堡を放棄して沖合いの艦隊に撤収するという羽目になった。

還らぬ人

避難

山の尾根の茂みにも義勇兵の戦死者の名が伝えられはじめた。

「小学校の杉本先生、青木先生が戦死されたというわ」

「浦川商店のご主人が天馬山の下で、敵に包囲されて切り死になさったとか」

「三村さんのお宅では、家に火をつけて一家全員で自決なさったとか」

人々は希望と不安をないまぜにして情報を交換しあった。

「あら、武さん」

まだお互いの顔が見える時であったが、武はどこかのおばさんに呼びかけられた。

「ここにいたの。おかあさんはね。富寧《ふうねい》に避難するからって、そういっていたわ」

ことづけを受けたらしい。

「おかあさんも、いもうとさんたちも元気よ。あなたもいくといいわ」

武はともかく一旦母と一緒になろうと思った。敵に切り込みを掛けるのはそれからでもいい。萬人も一緒にいこうと言った。

三人はときどき激しくなる銃砲声を聞きながら、それでもぐっすりと眠った。

霧雨の小松に一夜をすごしけり　　東山
松の露萩の露吸ひ避難かな　　東山

この尾根道に清津公立国民学校校長西川藤作の姿もあった。五十四歳の西川は妻と病弱の娘一人と姪の三人の女を連れて、厳しい尾根道に苦闘していた。

八月一四日の朝がやってきた。

朝の光が山々をとらえ、足下が明るくなると人々は尾根を伝って咸鏡山脈の奥へ移動を開始した。

尾根道はガレ場、厳しい岩が剥き出しなっていた。人々ははうように岩をよじのぼりくだった。

「きゃっ、助けて」

けたたましい悲鳴があがる。若い女たちの群れがにぎやかに移動していた。

「もう、いかんわ、ね、清津にもどろ」

「あほいいやんすな」

「死ぬわ、ここで死ぬよりはいいわ。あたい娘子軍になるわ」

「いいかげんにしやんせ、あんた、露助さんの銃剣で刺し殺されるわよ」

「なによ、わたしが露助のことを絞め殺したるわ」

きゃっきゃっと笑いが上がる。

武が小高い岩の上にゆうじゅんと休みながら下を見下ろして言った。

「なんだ、遊郭のおばさんたちだよ」

女たちはもんぺ姿ではあったが、狼藉のあとの落花のように華やかに汚れていた。

「あんた、子供だのに、逃げることはないのに」

ゆうじゅんを見て下から声をかけた女がいた。

「や、ゆりさん、くみさんもいる」

萬人が声をかけると
「コゾゥー」と睨みあげた目にぶつかった。虎ふぐであった。

青空を背にして、もう一つの岩峰にすっくと立った萬人は、屈託なくにこにこと虎ふぐを見下ろした。

たびたびソ連軍の戦闘機が尾根に接近した。尾根道に恐慌がおきた。岩場に取りついた人々は動きが取れず、ばたばたとその場に伏せるしかない。

翼を翻した戦闘機は、尾根から見える清津の港にすべり降りていく。銃撃と爆音が眼下の戦闘の激しさを一層きわだたせていた。

ふりかえると避難路にあたる西北に咸鏡山脈の重畳の峻嶺が大波のように連なる。ずっしりとした疲労が西川を押しつぶしていた。

砲声のしげれる山を上り下り　東山

行方なし荷物は重し夏の山　東山

朝の光と共に戦闘の炎は、力を盛り返して激しく燃えさかった。

ソ連軍が無血で占領することができた雄基や羅津に比べて、清津における日本軍の抵抗は激しかった。三日前の八月一〇日、日本はポツダム宣言の受諾を連合国に打電していた。これを思い合わせるとこの北辺の地の日本軍、それも服装も整わぬ老若の警備召集兵を含む守備隊の激しい抵抗はソ連軍参謀部を驚嘆させた。

一四日、ソ連軍はエム・ペ・パラポリコ少佐指揮の海兵隊第三五五狙撃大隊を清津港に揚陸させた。大隊は清津の旧市街を占領して、先に東海岸に上陸しているレオーノフ部隊との連絡を図ろうとしたが、各所に点在する日本軍のバリケードがソ連軍の進軍を頑強に阻止した。上陸ソ連軍を支援するために、海岸にちかぢかと接近した艦艇から猛烈な射撃が続いた。バリケードは艦艇からの近接射撃でひとつひとつつぶされた。街頭には服装も不揃いの日本兵の遺体が累々と散らばっていた。

この日の夕方、ソ連軍はようやく東西の上陸軍の結合に成功したものの、その夜は高秣山の日本軍の強烈な逆襲を受けることになった。半島の根を扼《おさ》えられて孤立した高秣山守備隊は全軍を挙げて壮烈な白刃突撃を敢行した。血路を開き半島を脱出したのである。

夜の闇の中でも戦場はかたときも鳴り止まなかった。山の上から見ると火炎が全府を包んでいた。

ようやく崖と密林の道なき道を過ぎて、三人がある谷あいの道に辿りついた時には夕方になっていた。土壁を剥き出しにした朝鮮人の家とも言えぬ貧しい小屋が十数軒、峡谷に散在し、道端に日本軍のカーキ色の軍服が、馬車と共に休息していた。軍服は少年兵であった。帯剣のバンドを締めているが銃は持っていない。その顔は十五、六歳の少年である。少年の顔はひとりではなかった。二十人ほどの少年が軍の輜重（しちょう）の任務についている。

きびきびした少年たちの背中を頼もしく見ながら、避難民たちも三々五々と谷間の道筋に休息をとった。清津市街の銃砲声は山の向こうに隠れて、峡谷には平和な夕暮れがはやくも訪れていた。

三人は、輜重の列からほど遠くない道筋の岩に腰をかけた。

「ゆうじゅん、頑張ったな」

萬人がよいしょとゆうじゅんを抱き上げて、岩の上に座らせた。岩は今沈みつつある太陽の熱く懐かしい匂いを発散していた。ゆうじゅんは萬人の肩に顎を乗せてちょっとじっとしていたが、

「おにいちゃんのほっぺたも熱い」と言った。そしてころりと横になり岩の熱さに頬を寄せた。

「そうすると気持ちがいいだろう」

武が声をかけると日に焼けた赤い頬が傾いて笑った。歯が欠けている。

「さてと」

リュックを降ろした萬人は、おもむろに刀の鞘を払った。

「おとうちゃんはどうしているかな。家のおやじ様は」

武は、町の市街戦を眼下に見ながら山稜をたどる間、萬人が父のことをひとことも言わ

なかったことに気がついた。武も知っている萬人の父、おだやかな善吉はどのような戦闘をしているのか。

「俺もここの兵隊さんに入れてもらおうかな」萬人が言った。

「うん、でも輜重隊じゃ荷物を運ぶだけだろ」

「でも、とうちゃんもひょっとすると輜重隊かもしれんぞ、年だから」

萬人はちょっと心配そうに言う。

「おにいちゃんのおとうちゃんはどこにいるの」

ゆうじゅんが口を出した。

「戦争」

「ふーん」

「この山の向こうで、戦争してる」

萬人と武も暖かい岩の上にひっくり返って空を仰いだ。まだ空には夕焼けが広がっている。今降りてきた山の稜線が黒々と大きな影をかぶせていた。

「俺、やっぱり清津にかえる。おとうちゃんと一緒になろう」と萬人。

「じゃ、俺も清津にかえろう。二人で露助をやっつけよう」と武。

「あたいもいく」とゆうじゅん。

「ゆうじゅんもかぁ。だめだ。ゆうじゅんなんかだめだ。小さいもん」

「あたいもいく」

ゆうじゅんが憤然と起き上がって、口をとがらし意地の悪い顔になった。

「武のおかあさんが富寧にいるっていっていたな」萬人が言った。

「ゆうじゅんはおかあさんにあずけなきゃ。ひとりじゃおけないよ。ちっちゃいからな」

「そうだな」

武は戦争にいくといったら母がなんというか心配しながらもうなずいた。

とにかく飯を食おうとリュックから携帯食料をつまみだした。武の家から持ち出した食料もある。

「水を探してくる」

疲れたゆうじゅんが岩の上で、少しうとうとしているのを見ながら、武は立ち上がって山沿いの草むらを分けた。部落がある以上水があるだろう。

落ち崩れそうな家の陰に避難民が固まっていた。井戸があるらしい。百メートルも離れて振り返ると、道端のやや高い岩に座っているゆうじゅんと萬人の姿が夕闇の気配の中に霞んだ。何を思ったのか萬人が抜いた刀を頭上高く掲げて、えいえいと空を切っていた。そのたびに白刃が残光にキラリキラリと光った。

暗がりの小道を回り二人の姿が見えなくなった時、どこからか轟音が伝わってきた。「敵襲」という声があったような気もする。猛然、馬が悲鳴をあげて走る物音に武が土手に上がると、人々の悲鳴や泣き声が同時に起こった。そして狭い渓谷の道をなにやら大きな影が動いた。

「戦車だ」「ソ連軍の戦車だ」

だれかが叫んだ。

轟々と爆音がとどろいて数台の黒い影が輜重隊の真ん中の道を移動していた。

「カタカタ」というような軽い銃声がけたたましく狭く暗い谷間に響いた。

「伏せろっ」

だれかがまた叫んだ。井戸端の人々があわてて草むらや土手の陰に伏せるのがちらっと見えた。武は暗がりに霞んだ岩の近くから子供の影が渓谷の道を駆け上がるのを見た。それは移動する黒いものに追われているようにも、また追いすがるようにも見えた。

抜き身の白刃が、夜目にもきらりと光って見えたような気がする。

「ばんっ」

武が大声を発した。その瞬間、目の前がぱっと明るくなった。同時に武は足を踏みはずして土手を転落した。頭のどこかにしたたかな衝撃が走った。

清津陥落

富寧国民学校付近には避難民と兵隊が群がっていた。ぼろぼろの白いシャツの子供、武が校門の近くに座りこんでいた。武は一人であった。武は足を投げだして茫然と道路を眺めていた。

道路を疲れ汚れた人々が、リュックを背負い、子供の手を引いて通っていくのを、武は何の感動もなく眺めていた。その光景は武には全く関係のないことのように思えた。

自分がなにをしているのか、一体なにがおきたのか、自分がどこにいるのか、武は自分自身を見失っていた。

思えば夜露にぐっしょり濡れて気がついた時、足もとに星がきらめき、銀河の白い流れがあった。武はしばらくの間、天空に漂う自分を感じていた。冷ややかな夜風が徐々に体に活力を与えて「はて？」と思ったとき、がさがさと体が頭の方にずり落ちたことで、ようやく藪の中に逆さまに倒れている自分を発見したのである。武は苦労して灌木の中から脱出した。

武は頭を抱えこんだ。失神からよみがえった時はひどく寒かった。熱があったのかもしれない。がたがた震えながら武は自分の記憶を呼びもどそうとした。

こんどは、天空は頭の上にあった。見上げると峡谷の狭い夜空に降るように星がきらめいていた。空気の澄み切っている北鮮の空の星辰《せいしん》は美しい。武は頭を振りながらたちあがった。そしてあてどもなく山道を歩きだした。荷物はなにもなかった。

夜道は暗かった。後になっても武は、人間が死ぬ直前の暗さとはああいうものであろうかと思うことがある。星あかりの中を白い狭い道が山のふところに消えている。三途の川原にいく道だ。

ただ武にとって幸いだったことは、その暗い夜道にも現実にはわずかながら人の影があり声がしたということであったろう。

――なにせ沢山の避難民があの山の中に逃げこんでいたからな。俺は多分その人の匂いをたよりに歩いたのだろう。そうでなければあのまま咸鏡山脈の山の中に迷い込んで、狼の餌食にでもなっていたろう――

夢遊というが、武は山道を夢遊していた。薄明が訪れるまでにどれほど時間がたっていたのか。それもよくはかれなかった。

群青の朝風が若い血潮に新鮮な空気をそそぎこんでくれたお陰で、自分がどうやら気を失っていたらしいこと、そして気を失う前までだれかと一緒にいたような気がしてきた。

武は自分を見失い、時を見失い、それとともにだれかを見失っていた。

思いがそこまで到達するにも長い時間が必要であった。

しかし武はどうやら人の匂いが移動する方向に、いや泥水のように流れる避難民と一緒に流れてこの部落に入ってきたのであった。

「富寧国民学校」

武がいくらか意識を取り戻したのはこの看板を見た時である。はじめはなぜ「富寧《ふうねい》」にいるのかをいぶかった。しかし「富寧」という文字を糸口として混然としてもつれた意識の糸の最初の糸口がほぐれた。

――そうだ、戦争だ。それで来たんだ――

正門の前に座り込んで茫然と道路を眺めている間に、やがて萬人の姿が、また一緒に行動していた時間がよみがえってきた。

渓谷の中を移動するソ連の戦車軍の姿も見えてきた。

――小さい女の子、ゆうじゅんがいた。そうだった――

ようやく瞭然としてきた。

しかし、萬人とゆうじゅんを見失ってからどれだけの時間がたったのかそれは分からない。ついに時間の感覚だけは戻ることがなかった。

昭和二〇年八月一五日の正午。天皇の終戦の詔勅がラジオを通じて流され、日本国民は等しくさまざまな感慨でこれを聞いた。

しかし変電所を破壊されていた北朝鮮の戦場には電波は届かなかった。

また戦闘部隊は無線機の故障のため、羅南師団と朝鮮軍管区司令部（京城）との通信が途絶していた。善吉を含む警備召集の応召兵たちは、国民服や学生服などさまざまな服装のまま、老いも若きも、輸城平野を朱に染めて敢然と戦闘を続けていた。

この日清津湾正面からはヴェ・ペ・トルーシン少将指揮下のソ連海兵隊第一三旅団が揚陸された。戦闘の炎は一層激しく燃え盛った。

「十三日・十四日前面の敵漸次圧力を増し、担任正面の兵力分散し、陣地奪回意の如くならず、傷病者、戦闘非戦闘員の後退延々昼夜にわたる」（羅南地区司令官佗美浩少将の戦闘報告）

刻々と強化される前面の敵を前にして、日本軍の逆襲も意にまかせなかった。

富寧から山ひとつ東側に越えた谷あいには羅津から清津にいたる街道があり、この街道沿いにある高地広周嶺《こうしゅうれい》は、羅南師管区第一歩兵補充隊第二中隊が占拠して清津の北側面を守っていたが、八月一四日の夕方から、梨津《りしん》に上陸し北方から南下したソ連第一極東方面軍第二五軍の一部である一個機甲旅団と戦闘に入った。

八月一五日、この優勢なソ連機甲部隊は広周嶺の日本軍の防衛線を突破し清津の西、班竹町から輸城平野に進出した。武が遭遇したソ連の戦車群はこれら機甲部隊の一支隊かと思われる。いずれにせよ、この広周嶺付近の日本軍陣地を蹂躙して突破した部隊は輸城平野に展開して、海岸のソ連軍に対峙していた日本軍の背後をついた。

ソ連軍の誇るT34戦車の怪偉な姿が輸城平野の砂塵を蹴散らし羅南街道を蹂躙した。日本軍戦車の倍もある巨大な怪物を見て、緊急召集兵士たちは戦慄を禁じえなかったであろう。ただちに肉薄攻撃班が編成された。爆雷を背にして敵戦車の無限軌道《キャタピラー》に体を投げ出す必死必殺の攻撃班である。

「天皇陛下万歳」

戦車に肉薄する男たちのかすれた喚声は、輸城平野を鮮血に染めて次々に消えた。

「十五日の午後戦車を伴う敵の近接を知り、肉薄攻撃班の準備、挺身切り込み隊の派遣、陣地補強を実施、師管区全力を挙げて清津の奪還を企図したるもついに夕刻になる」（羅南地区司令官佗美浩少将の戦闘報告）

一六日、日本軍は清津の奪回をついにあきらめ、清津の西の山岳地帯と南方海岸線沿いにあらたに迎撃線を組織するべく撤退を開始した。

羅南管区司令部は羅南を離れ羅北《らほく》川の上流、羅南の北西漁遊洞《ぎょゆうどう》に移った。ともあれソ連側戦史に一三、一四、一五日と三昼夜、七回にわたったと記録される日本軍の猛烈な逆襲は終わりを告げ、清津をめぐる戦闘は新局面に突入したのである。

ソ連側戦史は清津の市街と港の解放を八月一六日、午後二時と記録した。また道会議員大見悦之助の手記にも「午後二時頃砲声ノ絶エタルニヨリ一同死ヲ覚悟シ出壕断行ニ一決シ」とある。実はこの一家は逃げ遅れて飲まず食わずで戦場の壕内に潜んでいたのである。

港と市はソ連側の手に渡ったものの、しかし、清津と羅南が挟む輸城平野の争奪戦はこれからであった。八月一六日、一七日羅南が空襲を受けた。

富寧では、兵隊たちが避難民に対して「武器を出してください。刀を供出してください」と呼びかけていた。また白い鉢巻きをした兵隊がざっくざっくと歩調をとって校門を出ていき、折り返し血みどろの負傷兵を乗せた担架がでたり入ったりしていた。

まだうっすらと霞のかかった意識のまま、武はじっと座ってそうした光景を見ていた。母を探してはみたが、混雑の中にその姿は見えなかった。やがて「露助がくるから、非戦闘員は撤退してください」という声が上がり、一時、この町に留まっていた避難民もさらに北方の山岳地帯に移動を開始した。

いつか武も避難民の流れに揉まれていた。

「ばんじんはどこにいったのかなぁ」

頭の負傷と親友の萬人がいなくなったため、武の心はすっかり萎えていた。

武はそれから一ヵ月、自失したように避難民の流れの中にいた。頭をぶっつけた後遺症なのか時々頭が痛んだ。

渓谷をさかのぼって古茂山《こもざん》についたが母はいなかった。きっと先にいっているにちがいない。茂山《もざん》についてもいなかった。もうすこし先にいるかもしれない。避難民は白岩《はくがん》への線路をたどり歩いた。汽車はもう動かなかった。

二千メートル級の山嶺がうねるこの地帯は、夏にしては寒い清涼の高原地帯である。避難民たちは飢えと夜の寒さに震えながら、もくもくとこの道をたどった。やがて白岩に着いたが、ここにも母はいなかった。もうちょっと先かもしれない。

避難民の泥流の中に、戦争は終わったという話の切れ端が流れ込んできた。

はじめはデマだという人が多かった。しかし、茂山から白岩に流れる避難民の泥水の中に、突然、トラックのソ連兵が山林の中から出現して「ヤポンスキー、ヤポンスキー」と手を振りながら、当時は聞いたこともない歌（後に「カチューシャ」とは知れたが）を拡声器でがんがん鳴らしながら山道を疾駆してゆくと、もうだれもデマだという人はいなくなった。

阿南陸相が切腹したという話も伝わってきた。

――しかし、それにしてもどうしてそういうことになったのか――

天佑を保有しているはずの天皇の国がどうして戦争に負けることになったのか。

ぼんやりとした疑問があることはあったが、武は考える力を失っていた。はじめは母らしい後ろ姿を見かけると、やはりかけよって顔をのぞきこんだりしたものの、やがてその気力もなくなった。栄養の不足が成長期の少年の脳を侵していた。

もちろん、食事もどうしてとったのか分からない。

――何を食べていたの――

後に武は再三同じ質問を受けたが、これだけはどういう訳かよく覚えていないのである。とにかく何かを食べていたには違いないのであるが、何を食べたのか覚えていない。畑の芋や野菜を生で食べたのかもしれない。またたれかに分けてもらったこともあった気がする。口に入るものは何でも食べたのだろう。そのためか「食事」という記憶がないのである。

疲れきって泥水のように流れてゆく避難民の群れの中に、娘と妻と姪の足弱の三人の女を連れた校長の西川藤作もいる。俳句の手帳を持ち、この動乱と自己の苦難を客観視しようとしている俳心が西川を支えている。

幾万の避難の民に残暑かな　東山
軍用の無蓋列車に夕立す　東山
避難して南瓜のはしり食べにけり　東山

断片的にではあるが武の心に印象に残っていることがないではない。

川のふちを避難民たちが列をなして、延々と歩いていた時、道路のわきの木陰にすやすやと眠っている赤ん坊が残されていたこと。捨て子である。その川沿いの道では子供たちはいたる所に捨てられていた。ある子は泣いていた。ある子は眠っていた。またある子は死んでいた。やがてそうした風景は、見なれた風景になってしまった。

またこんなこともあった。

いつの間にか一緒になってしまったある集団で、年老いたおばあさんが死んだ。人々は連合いのおじいさんだけを残して出発してしまった。武はそのおじいさんと一緒に遺体を海岸に運んだ。

おじいさんは何か呪文を唱えながら、おばあさんの遺体を海に流した。波の荒い海岸だった。おばあさんはゆらりゆらりといつまでも海面に浮き沈みして、いやだいやだと言わんばかりに海岸に戻ってきた。業をにやしたおじいさんは、いきなりじゃぶじゃぶと海の中に入り遺体を沖に押した。おじいさんは腰から胸まで海水に浸りながらおばあさんを沖に押しだしていた。波がおじいさんの顔を洗った。

おじいさんは手をあげて武に「ぼやぼやしないで、はやくいねっ」とどなった。ぐしょ濡れになったおじいさんの姿は幽鬼のように見えた。最後の波がおじいさんをおし隠した。武はただ茫然とその光景を見ていた。

ついに吉州に着き、さらに母を求めて城津まで南下した。

八月も末に入っていたはずである。極端な食事の悪化のために避難民の中には病人が発生していた。避難民を収容した学校などの講堂や廊下には、衰弱した病人がごろごろと横になっていた。

こうした臨時収容所のひとつで、武は国民学校の友人の一人に会うことができた。

「カピタン、奴は敵の戦車に体当たりして戦死したらしい。あいつらしいや」

武は蒼白い激情的なカピタンを思い浮かべた。

友人はまた、清津国民学校の先生であった「豚田兵」が何千人という日本人捕虜の中の隊列の中にいたという目撃談も伝えた。

「豚田兵はな、手を振ってにやにやしていったぞ。捕虜のくせに。あいつははじめから忠義の心なんか無かったんだ」

友人は見違えるようにおとなびていた。

「ここではな、ちょっと油断すると露助が女を強姦する。鉄砲を持った朝鮮人が露助を連れてきやがる。だから女の人はみんな頭を坊主にしているんだ。男に変装しているんだ。顔にも炭を塗って真っ黒にしている」

「ごうかん？」

武は「ごうかん」という言葉を知らなかった。

「お前、知らないのか」友人は笑った。

女性の性は常に戦争の生贄となった。強姦は戦争につきものである。親の目の前からソ連兵に拉致された若い女性が、翌日、海岸に死んで放置されていた。殺された、と人々は言った。またある若い女性の場合は駅前で数人のソ連兵に手足をとられて運び去られる途中、数十メートルと離れないうちに死んだという。恐怖のあまり心臓麻痺を起こしたに違いないと人々は言ったが、

「自決したんじゃない？」

四十年後になって武がこの話をした時、やはり北朝鮮の清津から引き揚げたある女性は言った。彼女によると清津から脱出するとき護身用に青酸カリを持っていた女性は少なくなかったというのである。ひとつつみで瞬時にショック死する。

性とか貞操に対する考え方が今とは違う。それが当時の女性の覚悟だった。

戦禍は男性にも女性にも、厳しくそのいきざまを問いかけていた。

秋の日を顔黒く塗る女たち　　東山

敗戦の悲しき秋や断髪す　　東山

金時計とられしままに秋は来る　　東山

西川は若いわが娘を断髪し男装させた。

武装解除

これより先、八月一六日、戦闘中止の命令を携えて、朝鮮管区の連絡員植弘少佐は清津の戦場に飛行した。しかし、清津の飛行場はソ連軍と日本軍の争奪戦のただ中にあり着陸することができなかった。のみならず、

「子供だましをしやがって」

ソ連軍の偽装だと思った日本軍は、旋回する「赤とんぼ」（日本の練習機）を小銃で射撃した。

戦気の充満する戦場は殺気だっていた。易々として終戦を信じる兵隊は少なかった。

少佐はいったん元山《げんざん》に戻った後、再々度戦場に飛び、朱乙《しおつ》の南、会文《かいぶん》の飛行場に着陸し、ここから徒歩で、朱乙の奥、羅北川の上流漁遊洞の管区司令部に到着し終戦を伝達した。

ときに一九日午後六時、実に終戦から四日目である。

おりしも白川参謀長のひきいる二個大隊が夜襲を決行しようとしていた。間一髪、夜襲

はとりやめになった。

二〇日、軍使がソ連軍と交渉。二一日羅南練兵場で武装解除。二二日、日本軍捕虜は列をなし徒歩で富寧、古茂山の臨時捕虜収容所にむかった。

沿道には日本兵の敗残の姿を見ようと朝鮮人が群がり、捕虜たちに罵声を浴びせた。あるものは引きずりだされてなぐられた。

警備召集の日本人の中には清津の事業家が多く、朝鮮人を手足のように使っていたものも多かった。その中で個人的な恨みを買う者も少なくなかったであろう。若い朝鮮人がとくに激しく、捕虜の中からめぼしい者を引きずり出してリンチにかけた。

警備のソ連兵は制止しない。逆にいきりたつ日本人捕虜を銃で威嚇した。

日本の敗戦は植民地朝鮮の解放を意味した。朝鮮人たちは「光復」の日を迎えて興奮していた。解放運動を続けてきた地下組織は三千といわれた。それが一斉に地上におどりでたのである。もちろんその中には、この時になって急に組織されたえたいの知れない自称「抵抗組織」や「解放組織」なるものがあったに違いない。

旧来の権力構造が崩壊すると、新しい新鮮なものとともに、水底に沈んでいた不良や屑までがわが世の春とばかりに水面に浮かびあがってきた。

清津がソ連軍に占領されると、めぼしい日本人の家はことごとく、これら不良朝鮮人たちの略奪と凄まじい破壊を受けた。

たとえば福泉町の日本人檀家の多い曹洞宗の禅寺、禅福寺などは家具調度一切が奪われた他、納骨堂の遺骨壺約二千個がことごとく壊されて本堂にまき散らされた。散乱する遺骨や位牌の中に釈迦、観音、羅漢、韋駄天、竜神などの諸仏が手足をもがれ、あるいは首をはねられて転がっている様は目を蔽わしめる惨状であった。

朝鮮人たちは執拗にこの寺に入り、鐘や太鼓、金襴の幕や額はもちろん、天蓋などを運び去るほか、めぼしい柱や板までを引き抜き、切り取って持ち去った。本堂の大天井を支えていた太い柱は上と下、つまり柱の中間を切り取られた。このためにある秋の夜、この寺の大本堂は轟然と音を立てて崩壊した。轟音は明かりの消えた暗い府内を揺るがした。

戦闘中も清津の町には約三百人の日本人が残っていた。人々は最寄りの防空壕に入って戦闘を避けていた。三日間も続いた間断のない銃砲声と爆発音の中に、生きた心地もなく潜んでいた人々も、戦闘が終わると狩りだされた。

道会議員大見悦之助の一家は双燕山のふもとの濠に息をひそめていた。三昼夜の後、一六日の午後、砲爆撃の音が途絶えたのでおそるおそる壕をでた。


偶然中田庄太郎氏（臨済寺避難）ニ会シ様子ヲ聞キタルニコノ付近危険薄シトノ

事故《ユエ》朝鮮油脂社宅ニ逃避セシニ空家ニ入リ食ヲ摂ルコトヲ得タリ然レドモ砲声猶《ナオ》止マズ不安ノ念ハ去ラズ然レドモ当分ノ間ハ同社宅生活ヲ為スヨリ途ナク之ニ決シタリ。

（道会議員、大見悦之助の手記）

朝鮮油脂社宅の奥、山の麓に臨済寺があった。『若き哲学徒の手記』の著者弘津正二が参禅したとある。ここに約百名の日本人が息をひそめていた。

八月一九日、ソ連軍と朝鮮人による大規模な日本人の狩り出しがあり、大見家の家族の男子三人が戦闘員の疑いで引致された。七十八歳の大見老人も同様である。

またのこった婦女子は朝鮮人に囲まれて、携帯の荷物を全部奪われる羽目になった。この略奪にたいしてもソ連兵はこれを制止しない。

それればかりか「銃剣ヲ以テ恐喝シ荷物ヲ全部朝鮮人ニ略奪ヲ恣《ホシ》イママニセシメ一物ヲモ持タセズシテ放逐セラレ」（同）というありさまであった。

めぼしい男子は税関の付近に集められ、そのまま埠頭の倉庫内、やがて清津刑務所に移送監禁された。

この時十七名の日本人が倉庫からひきだされ、ついに帰らなかった。埠頭で銃殺されたと伝えられる。清津在住の名の知れた実業家、弁護士の他、若い女性を含む無名の府民がこの中に入っている。理由は不明である。また銃を向けたのは朝鮮人であるか、ソ連軍兵士であるかも分からない。ただ朝鮮民主主義人民共和国の公式の歴史によれば、金日成麾下の朝鮮民族解放軍と称する武装組織が、ソ連軍と共に清津を攻撃してこの都市を解放したとあるから、あるいはこの組織であったかも知れない。

朝鮮人たちの多くは日本の敗北を解放運動の勝利と受け取っていた。彼らは戦勝に酔いしれていた。血讐はこの勝利を確認し人民の前に宣言する儀式であった。

清津刑務所は各地から送られてくる日本人で一杯になった。八月二八日には咸鏡山脈の奥、延社《えんしゃ》に逃れた渡辺知事以下の道庁幹部が連行されてきた。

大見悦之助の他大見家の男子三人が刑務所から出所したのは九月二日である。逮捕にも出所にも理由はない。ただ老齢、または年少であったのでシベリアに送る対象にされなかっただけである。

朝鮮人の日本人に対する積年の民族的恨みは、その後も食料の配給を止め、日本人の生業を一切禁止するとか、資産や家屋を奪い、一定の場所に収容して在住の場所を制限し、さらに戦闘要員の疑いのある日本人を狩り出してソ連軍に引き渡すなどの形になってあらわれた。元山の東本願寺の境内では、数人の日本人男子が婦女子の前で素裸にされて、十字架にしばられ、剣帯で、兵隊だったと白状するまでなぐられた。

ソ連軍はこれら捕虜の体力を選別してシベリアに連行した。満州、朝鮮、樺太、千島などからシベリアに向けて終戦後移送され、厳しい労働に従事した日本人は実に五七万五千人、うち五万五千人が酷寒のシベリアで命を落とした。

幸い連行されなかった者であっても、保安隊による理由のない逮捕や拘留、時々呼びだされて殴打や拷問を受けるということを少なからざる日本人が経験した。

日本人に対する復讐は、戦前から労働運動の激しかった咸興《かんこう》と興南《こうなん》地区で激しさを増した。

一切の生業を奪われた他、食料の配給を止められ、加えて居住家屋などの資産一切を収奪された日本人は、その収容先に遺体の山を築くほどの犠牲者を出した。咸興、興南地区の死亡者は記録されているものだけでも一万一千人余、集結した日本人の二割である。中でも富坪《ふうひょう》の日本軍の演習兵舎に収容された日本人三千人は、布団の代わりとして一枚づつのカマスの支給を受け、収容された二〇年一二月から翌年四月までの五ヵ月の間に、実にその半数を飢えと寒さの中に失った。

犠牲者の大半は餓死と凍死、それから発疹チフスによる病死によるものであった。

併せて三十八度線の封鎖は北鮮日本人の困窮を極限に追い詰めた。

その年、昭和二〇年から二一年にかけて困窮の中で酷寒の冬を過ごさなければならなかった日本人たちは、北鮮全土で合計三万五千人余の死者を出した。これは北鮮在住日本人三五万人の一割に達するものであった。

そして最も重要なことは、これら犠牲者の大半は老人と女や子供たち、すなわち北鮮の戦火を逃れてきた幼弱の非戦闘員であったことである。

彼らの命は、連合国の勝利と植民地の解放にあたり、日本帝国主義の圧政の代償として支払われた血債であった。それは天皇の片言隻句の謝罪より重い。

「武君、君のお母さん、清津に残っているぞ」

武がこの情報を聞いたのは元山、すでに清津から四百キロ余の南に離れた日本海に面した港である。武は母を追ってここまで南下していた。季節は一〇月に入っていた。

北方からの避難民が引きもきらず南下していたが、三十八度線は閉鎖されて、北鮮の日本人避難民たちは咸興と元山などに集結していた。

情報はその避難民の内でも比較的おそく清津から南下してきた一人からもたらされた。少年のひたむきさは母の匂いだけを求めて、ほとんど本能的に動いた。その日のうちに武は北に向った。

線路づたいに歩くのである。無茶もなにもなかった。倒れるまで歩くのである。汽車は動いていたが日本人の乗車は規制されていた。もし、武に大人の分別があったなら、日本人の政権に代わって新政権となった朝鮮人のしかるべき筋に申し出をし、事情を話してなんとか北方に向う汽車に乗車しようとしたであろう。しかし、十二歳の少年にはその分別はなかった。第一汽車賃にあてる金は一円もなかった。

線路は清津まで続いている。咸鏡線を歩けばいつかは必ず清津に着く。十二歳の少年はそう考えた。方向を案ずる必要がなかった。そして明日のことも案じなかった。

日本人の国内移動、とくに北方に向う日本人に対しては新政権は厳しい目を向けたが、やせこけた放浪の少年一人に目を向けるものはすくなかった。

――何を食べていたの――

――覚えていない――

――何日かかったの――

日数なんか覚えていない。もちろん、暗くなって歩けなくなったら土手にでもひっくり返って寝たのであろうが、夜も昼も区別がつかなかった気がする。武が覚えているのは、線路の枕木を百まで数えては繰り返した作業だけである。その作業は何百、何千回、いや何万回と繰り返したろう。終わりのない呪文のように数を唱えていたのである。

また武はひどい下痢をした。いくどか道端にしゃがんだが、ついには歩きながら無意識に垂れ流した便が生あたたかく尻を濡らした。何か悪いものを口に入れたにちがいない。ついにずぼんの下のパンツを脱ぎすてた。ずぼんの下を気持ちよく風が通った。

――疲れなかった――

下痢は疲れる。多分疲れたのだろう。しかし下痢はいつの間にか治った。歩きながらかじった草に薬草があったのかもしれない。そういえば線路の土手に「野びる」があった。たえず「野びる」を抜いて口に入れた。鼻につんとくる味は今でも嫌いじゃない。

――全部歩いたの――

――いや、どこかで汽車に乗った。その前後にソ連警備兵に追われて銃撃を受けた思い出がある。そのとき無蓋貨車のふちによじ登って隠れた記憶がある。

――撃たれたって、おどかされた訳かな――

――線路を歩くとどこかの駅に着く。駅は露助の警備も厳しいから、それを見咎められたんじゃないかな――

ある日、どこかは知らない。ソ連軍の兵舎の近くに日本人避難民が十人ほどわいわいと寄っていた。ソ連兵がバケツに入れた残飯を運んできて、先を争う避難民の器に入れてやっていた。武もこの配給の列に並んだ。近くの兵舎の窓辺にソ連兵が面白そうにこの光景をながめていた。若い女の声が聞こえたので、振り向くと日本人の女が、青い美しいドレスを着てソ連兵と戯れていた。その女はたしかあの「遊郭」の写真で見た顔だと思った。パーマをかけた特徴のある花王石鹸のマークのような顔が明るく笑っていた。懐かしかった。しかし、武が笑いかけると眉をひそめてぷいと背中を見せた。

最後は清津の天馬山の下で朝鮮人の保安隊につかまって、日本人が集結している町に連れていかれた。

日時はここでも判然としない。

——もう一一月も半ばになっていたのだろう。木枯らしが寒々と戦場のあとの焼け野原を吹きぬけていた。港町、弥生町、明治町一帯が焼けていた——

再　会

武の母は八月一三日の夕刻、富寧に着いて武を待っていた。武は来なかった。一五日ひょっとして先にいったのではないかと思い、古茂山にいってみて、また再び富寧に戻った。

その間にどこかで武とすれ違ったのである。やがて軍の命令でまた古茂山に追い立てられたものの、再々度富寧に戻った。

このとき軍は富寧から転進を開始し、もう兵隊はいくらも残っていなかった。露助が来るのも怖かったが武のことはもっと心配であった。

やがて終戦になったと聞いた。

八月二二日、富寧に日本人捕虜が移動してきた。羅南師団の兵士たち一万余である。かつての凛々しい帯剣姿は見る影もないよれよれの丸腰になっていた。前後して恐れていたソ連軍が進駐してきた。暴行略奪の噂が絶えない中を、武の母は子供たちを抱きしめて、ひたすら身をすくめて暮らした。

遅ればせながら通りすがる兵隊が終戦を知らせるビラを武の母に渡した。ビラは数日前、「赤トンボ」がきて、ソ連軍と対峙する日本軍陣地に撒いたものだということであった。

九月に入るとソ連軍の許可をとって咸鏡山脈の奥地にあった日本人三百名が、清津にかえってきた。武の母も子供を連れ久しぶりに清津に帰った。しかし日本人の家屋は朝鮮人が無秩序に占拠していた。日本人は富貴町の一部と班竹町に集められていた。

武は富貴町で母と再会することができたのである。

一一月、戦火の中約三ヵ月も行方不明で、骨と皮ばかりになって往復八百キロの道をたどり生還したわが子を迎えた母がどんな思いであったか、武には分からない。

土間をでたところに共同水道があった。武はすっぱだかにされて母に体を洗われた。それを近くの日本人避難民が、がやがやと取り囲んでいたこと、そしてそれがひどく恥ずかしかったこと、武の体を洗いながらほろほろと母が泣いているのを見て、吾ながら母を泣かせるほど悪いことをして申し訳なかったと、つくづく沈み込んでしまったことだけが記憶に残っている。

やがて、清津在住の日本人により日本人世話会が組織された。世話会はソ連軍と交渉して在住日本人を使役に使ってもらうことにした。

一一月も半ばから、武もこの家の最年長の男子としてソ連軍の製パン工場に出かけるようになった。あいかわらず痩せてはいたが、少年の体力の回復は目覚しかった。

母もロシア人の宿舎の雑役婦として働いた。

報酬は日本人世話会に払われた。世話会はそれを労働に応じ、また家庭の状況に応じて避難民家族に配分した。

ようやくいくばくかの現金収入や食料が「日本人部落」にも流れ込むようになり、やがてこの「部落」にも笑いが戻ってきた。

このころから朝鮮人の日本人に対する暴行が減ってきたのが、明瞭に感じられた。

日本刀や拳銃を振り回して日本人部落を示威する、暴力団とも不良朝鮮人とも言うべき分子は、新朝鮮建国の着実なあしどりが聞こえてくると姿を消した。

興奮と復讐のときは急速に過ぎつつあった。

その冬は、北鮮の各地に抑留されている日本人にとっては厳しい冬であったが、戦火をくぐり抜けて清津に留まっていた日本人は、まだ比較的恵まれていただろう。

武の家でも、他の家族との雑居の狭い収容所生活ではあったが、母を中心として貧しくも心豊かな生活がはじまった。日本人世話会は朝鮮人当局やソ連軍当局との折衝を通じて、日本人の生活を守っていた。

去年と同じようにソリで遊ぶ子供たちが見られるようになり、やがて当局の許可を得て西本願寺の境内に日本人小学校が開設されさえした。

そしてまた、去年と同じように美しい春がやってきた。

四月になると日本人は歌の練習にかり出された。メーデー、つまり「労働者のお祭り」が近い。ソ連軍に使役されている日本人労働者も朝鮮人労働者と共にこの祭典を祝わなければならない、というのである。

ノピオリョラ　プルンキパル（高く立て赤旗を）

クミテソ　クメンセヘ（その下に死を誓う）

やがて五月一日、清津駅前に集合した日本人たちは朝鮮労働者と肩を組んで、たからかに労働歌を歌いながら天馬山下を通って旧市街に入った。朝鮮人たちにとっては解放後はじめてのメーデーであった。

赤旗と太極旗が焼け跡の市街をうめた。武も他の少年労働者と共にその行進の中にあった。

道路の脇を群集がうめていた。突然、その群衆の中から「にーちゃん、にーちゃん、はだかのにーちゃん」という日本語のはじけるような声が飛びだしてきて、武の手を引っぱった。

ゆうじゅんだった。ゆうじゅんは白いチマ・チョゴリ姿に赤いネッカチーフを首にまいて、清潔だが目がさめるほど美しく盛装していた。

「たけし」

つづいて、カーキ色の服を着た体つきのがっちりした少年が声をかけた。

「春田」武も声を上げた。

「イ・ジェウォン（李在元）だ」

李は見違えるほど大人びていた。李は片手を出して武のもう片方の手をにぎった。

「しばらく平壌にいっていた。武が清津に残っているとは思わなかったよ」

李在元はゆうじゅんを伴って武を埠頭の桟橋につれていった。春の陽が鉄の係留杭をあたためていた。振りかえると市街に焼けあとがひろがっていたが、五月の風がさわやかに街を吹き抜けていた。

「戦争のお陰で、すっかり風通しがよくなった」

李在元は笑った。焼け跡はふたつの通りをひとつに、裏通りを海岸通りにしていた。

ゆうじゅんは「いとこにあたるのだ」と李在元は説明した。

「山賊のおじさんの子供というわけだ」

李は青空に向って笑った。おじが非合法活動にはいるとき、ゆうじゅんをあずけた親戚がいくばくかの金で「遊郭」の禿《かむろ》の奉公にだした。李の家ではひきとるだけの資力もなく、それに比較的可愛がられているように思えたので、気に病みながらも「遊郭」にあずけている形になった。

武は、ゆうじゅんが「これっ、おかあさんが」といいながら、「ドン」をつきだした日のことを思い出した。遊女に楼主が「おとうさん」「おかあさん」と呼ばせ、女たちを養女のようにしているのは、人身売買の日本的な形であるという知識は、もちろん、まだ武にはない。

「ゆうじゅんは日本語がうまい。日本人だと思ったろう」

李在元は言った。

「ゆうじゅんの母親は満州で、ある親切な日本人の家の住み込み女中だった。だから、ゆうじゅんは生まれた時から日本人の子供たちと一緒さ。その母親もはやく死んだ」

春田が遊郭のそばにいたことも納得できた。あの遊郭一帯も激戦地だったらしく、いまは焼け野原になっている。あのままゆうじゅんが残されていたらどうなったか分からない。

「君と福島君のことはゆうじゅんから聞いた。助けてくれてありがとう」

ゆうじゅんは「新聞配達の裸のおにーちゃんが」といったそうである。

「いや」

武は照れながら春の陽にきらめく海を眺めた。この付近だった。大型漁船が木っ端微塵になり、春田、萬人と一緒に春田のハーモニカを探したのは。

「ばんじんがどうなったか、君は知らないか」武はあらためて質問した。

「残念だが僕も知らない」李在元は首を振った。

李の知り合いの朝鮮人で臨時召集の特別工兵——日本軍に徴用された塹壕掘り人夫——

だった男が広周嶺の付近で塹壕掘りをさせられていた。そして優秀な敵機甲部隊と戦闘に入った広周嶺から命からがら逃げ出した際、付近の山の中で十数人の少年輜重隊の一群にあったそうである。その中にゆうじゅんと萬人がいた。男はゆうじゅんを見知っていたので声をかけた。

男が戦場から逃げだそうとしていると察した萬人は、ゆうじゅんをその男にあずけた。

「僕はこの人たちと一緒にいく」

と萬人は言ったそうである。そしてリュックからハーモニカを出して、ゆうじゅんに渡した。

「僕にくれるはずのハーモニカだった。もう渡せないと思ったのだろうか。しかし、結局は僕の手に届いた。奇遇だと思わないか」

「うん」武は黙ってうなずいた。

「でも、ゆうじゅんは自分がもらったと思っているから、絶対に僕には渡さない」

李在元は笑ってつけ加え、ゆうじゅんをかえりみた。

ゆうじゅんは手を後ろにして口をとがらしながら後ずさりをした。見覚えのある黄色い袋が肩から斜めに紐で下がっている。

夕方の峡谷で口をとがらして「清津に一緒にいく」と駄々をこねた意地っ張りの顔がよ

みがえった。武は微笑した。

「で、その少年輜重隊はどうなったんだろう」

武は聞いた。

「わからない、しかし、戦争はすぐに終わった。いや、もうそのときは日本は降伏していたんだ。すくなくともお偉いさんではな。ほとんどの日本軍は捕虜になってシベリアに送られたが、少年兵を送ったという話は聞いてない。まして福島君はまだ小学生だよ。きっとそのまま南下したんじゃないかな。もういまごろは日本に帰っているかもしれない」

そうだろうと武も思った。

あの夕刻、ソ連軍の戦車隊に襲われたとき、おそらく萬人とゆうじゅんは他の避難民と一緒に、蹴散らされるように付近の山林の中に逃げこんだにちがいない。一方、武は気を失って暗い渓谷の藪の中に落ちた。あの渓谷の闇の中では、気を失った武を発見することは不可能であった。武が彼らを見失ったと同じように、萬人も武を見失ったのである。

ハーモニカが聞こえた。振り返るとゆうじゅんがハーモニカを口に当ててスキップし、なお数人の赤いネッカチーフが桟橋の上を走り回っていた。

「ノピオリョラ　プルンキパル　クミテソ　クメンセヘ」（高く立て赤旗を　その下に死を誓う）

また元気な一団が市街を行進していった。メーデーの行進はかぎりなく続いていた。

南下・帰国

清津にいた日本人の引き揚げが本格化したのは昭和二一(一九四六)年八月のことである。人々は貨車で咸鏡線を南下し東海岸の襄陽《じょうよう》付近から徒歩で三十八度線を越えた。

吉州、城津、興南、咸興、元山と、武は、前の年に一人で南下して、それからまた北上したルートを今度は家族とともに逆にたどった。北鮮の戦火を逃れてこれらの都市で、抑留生活を余儀なくされていた日本人はすでにほとんど南下していたが、それでもこれらの都市で、この冬、飢えと寒さで亡くなった人々の消息を聞くことができた。二〇年九月から翌四月までに吉州、約六十名、城津約二百名、咸興七七七八名、興南二九七四名、元山一三〇二名の死者が記録されている。これは共同墓地に埋葬された数である。その他に咸鏡山脈や狼林山脈の松林や峡谷に、あるいは茂山、白岩、吉州にいたる道端に埋葬されたり、あるいは放置された日本人の遺体は数知れない。帰郷の旅路は、この累々たる死屍や墓標をたどる旅路であった。

元山の死亡者の消息の中には清津国民学校の校長西川藤作（俳号・東山）がいた。一九〇七年「日本人会立」の名を冠して創立以来三八年間、多くの植民者日本人が自らと、その子弟の夢を刻んだ清津公立国民学校の最後の校長西川は、朝鮮の地を去らずに倒れた。

西川は明治二三（一八九〇）年一一月に生まれ、昭和二一（一九四六）年一月一一日に没した。享年五五歳である。佐賀県出身。同県の教員をへて、大正八（一九一九）年に朝鮮咸鏡北道におもむき、以後、一貫して教育界を歩んだ。唯一の遺品である手帳は避難の途中も肌身を離さずあったもので、約四百の俳句がのこされた。

木枯らしをけって労務や避難民　　東山
薪盗む避難民あり雁渡る　　東山
新米は五升八五円なり　　東山
真っ黒に天井にあり秋の蝿　　東山

さして健康ではなかった西川も、生活に苦闘していた。それればかりではなく、この未曾有の大変動に直面した西川には、一面、教育者として憔悴するほどの感慨があったのであろう。

戸をしめて落ち葉ちるなり元山府　　東山

この句が絶句となった。二〇年一一月の句であろうと思われる。一二月になると元山府は雪に包まれたからである。

しかし、この中でも福島萬人の明確な消息はなかった。ただ終戦の直後、両親にはぐれた子供たちが集団になって、とぼとぼと南下していく姿が各所に見られていた。彼らは普通の大人の三倍の日時をかけて、海抜二千メートルの嶺々の連なる清涼な蓋馬《がいま》高原をたどり、白茂《はくも》街道の峡谷の道をたどっていた。そして多くの幼い命がこの峡谷に失われたに違いなかったが、ここにも萬人の消息はない。

昭和二一年一〇月、川口武は家族と共に博多に上陸した。実に終戦後一年二ヵ月を経過していた。

すでに前年一一月に済州島から復員していた父は家族を案じて待っていたが、川口家は一人の犠牲者もなく無事帰国した。北朝鮮在住日本人の一割、三万五千人が倒れた惨状の中では望外のことであった。

父母の郷里は岩手の片田舎であった。やがて終戦後の混乱した社会も安定し、川口家の生活も貧しいながら安定した。

武は福島萬人のことを気にはしていたが、郷里を知らないので連絡を取りようがなかった。しかし、頑健な萬人のことである。日本のどこかに元気に暮らしているに違いないと思っていた。

昭和二五年、高校生の武を一人の男が訪問した。福島善吉、萬人の父であった。

「えっ、しげと君は帰っていないんですか」

武ははじめて親友の消息を聞き、みちがえるように老いた善吉を見つめた。

善吉は四年に及ぶシベリア抑留の生活をへて日本に帰国したばかりであった。清津の防衛線を闘った多くの人々が、捕虜としてシベリアに抑留され労働に従事させられていた。シベリアに抑留された「捕虜」は五七万五千人。開戦当時の関東軍の兵力を優に上回ったのは、善吉のように義勇兵ともいうべき緊急召集の民間人が多数いたからである。

帰って来た善吉は厚生省の助けを借りて、早速萬人の行方を探したが結局帰国していないことが分かった。

幾多の曲折をへて北朝鮮に引き揚げの配船が行われたのは、終戦の一年三ヵ月後の昭和二一年一一月のことである。そして昭和二三年六月、最後の引き揚げ船「宗谷」が北朝鮮の港を出港した後も、相当数の日本人の消息が不明であった。昭和二六（一九五一）年、外務省は北朝鮮で消息不明の者は三三〇三名であると発表した。

昭和二五（一九五〇）年六月、朝鮮戦争がはじまった。以来、二九（一九五四）年まで北朝鮮は米軍の絨毯爆撃と鉄火のローラーが往復した。この中でさらに多くの残留日本人の命が失われたに違いなかった。日本が北朝鮮と敵対的な関係にあることが不幸であった。国交がなかった日本政府は赤十字を通じて調査を継続した。そして昭和三一年三月二七日、北朝鮮赤十字会は朝鮮戦争のために調査が困難であったことを弁明しつつ、漸く日本人二十九名の消息を伝えた。その内訳は病死二名、戦争による爆死者十六名、同じく戦争による行方不明二名、反逆罪による死刑五名、生存者はわずかに五名であった。


善吉は武が語る萬人との逃避行とその別れを、食い入るように聞いていた。萬人が少年輜重隊と共に、どこに向ったか分からないという話を聞くと、善吉はありありと失望の表情を浮かべて頭をかかえた。そしてしばらくたって「まったく、他にも沢山のお子さんが」とつぶやいた。

「昭和二〇年八月十五日ごろ、富寧付近にいた少年輜重隊の消息をご存知のかたは教えてください、福島善吉」

新聞の尋ね人欄に善吉のメッセージがでていた。

その後、善吉から何の報告もなかったのは、これという反応がなかったのであろう。善吉は敦賀に住み水産会社に勤めていた。その水産会社の社長は善吉の妻まんの縁続きであった。が、それもやがて退職したという連絡があった。

昭和三五年以降、日本経済の発展は猛烈な勢いで若い労働力を追い立てていた。銀行に勤めた川口武自身も日々、身をすり減らして働き何度も海外に出張した。

善吉との交流は、せいぜい年賀状だけとなった。

昭和五三年のある日、善吉が亡くなったという知らせが武の郷里を経由して届いた。武は敦賀に向かった。葬儀は善吉の勤めていた水産会社の人々がとりしきっていた。

死因は癌、享年七十歳であった。充分ではなかったが、先ずは天命を全うしたというべきであろうと武は思った。故人は独身であった。身寄りはほとんどいない。まんの従兄弟の子にあたるという中年の男が来ていた。

「しげとさんのお友達でしょうか」男はそう武に聞いた。

「お話はうかがっています。お世話になりました」

男は落ち着いた挨拶をした。

男は、中に数通の便箋の入った封筒を武に示した。武はその一通を開いた。

前略、昭和二〇年の終戦のころ、私は一介の警備召集兵でしたが、羅津にいた第四六独立高射砲大隊と共に広周嶺付近のソ連軍を夜襲するために、たしか八月一六日だろうと思いますが富寧を出発しました。夜襲は失敗しました。隊はほとんど散りじりになって、翌日富寧小学校に集合した者は若干名にすぎませんでした。さらに翌日茂山方面に撤退いたしました。私も手伝って負傷兵を戸板に乗せて運びましたが、その中に剣帯をつけた一人の少年兵がいました。隊に何人の少年がいたか、またどこで彼らが参加したのかは分かりません。

第四六大隊長は井出大尉であったと聞いております。結局、転進途中終戦を知り吉州付近で武装解除を受けました。負傷兵は会寧の病院に入院したという話を聞きました。

この手紙と別の字があった。

井出公太郎大尉は、八月十八日、朝鮮北東部で戦死とのこと。日付の相違があるが多分この切り込み隊の隊長に相違なし。戦死の場所は会寧の病院という談話情報もある。しかし、会寧市街は八月十四日、憲兵隊により焼き払われた由。病院があったか、それがどうなったかは全く不明。

この後の方の手紙は厚生省の便箋に書かれていた。いずれも武の知らない差し出し人である。善吉に調査を依頼されてこれに応えたもののようであった。日付はどちらも昭和三〇年三月となっている。

男は言った。

「故人、僕らはおじさんと呼んでいたんですが、この手紙は私もおじさんから見せてもらったものです。おじさんはこの手紙の方を尋ねていったのですが、手紙以上のことは特別には分からなかったようです」

そして少し黙って、話すべきかどうかを迷っているように口ごもってから、

「ただ帰ってきてからこの少年兵が戸板の上で『天皇陛下万歳』って言ったということをすごく不機嫌そうに話をしていました。

子供らしくない、子供が最後にそんなことを言うはずはない、とおじさんは言うのですがどうでしょう。

私も軍国少年の一人でしたが、自我の目覚めないうちに、あれだけ天皇崇拝の思想を叩きこまれると、そんな少年がいても不思議がないと思います。

実際、戦闘に参加して戦死した特攻隊の少年が沢山いたわけです。いや子供だからこそ、むしろ英雄らしく、軍神らしく身仕舞いをしようとしたと考えられる。あの時代の子供といえばみんなそんな気持ちだったでしょう。私がそう言うと、おじさんはますます不機嫌になり、一時は私と口を利かないほど塞ぎ込んでいたんですよ」

武は「僕は軍神になります。福島しげと」と読み上げた萬人を思い出した。

いや、武自身もあの瞬間までソ連軍に切り込み「天皇陛下万歳」の絶叫を残して輝かしい戦死をとげるつもりであった。

しかし、今になると善吉の気持ちが分からないではない。善吉はあの戦争にかりたてられながら、時代に迎合していた大人たちにある共通の自己嫌悪があったに違いない。死ぬべきだったのは、あの時代に責任を持つべき大人である善吉だったのである。

この封筒とは別に単語帳ほどのノートがあり善吉のメモがあった。

30・5・15

情報１　第四六大隊ハ独立高射砲大隊ナリ　主力ハ羅津　一部ハ清津ニアリ　清津駐在ノ部隊ハ一三日ヨリ来寇ノソ連軍ニ猛射ヲ加ヘテ敢闘シタ模様　富寧カラ切リ込ミ出撃ヲシタノハ羅津カラ転進シタ主力部隊カ

30・7・29
情報２　清津商業学校ノ生徒ハ西水羅《せいすいら》付近デ飛行場建設ニ従事シテイタガ　敵軍上陸ノオリ先生方ニ率イラレテ茂山方面ニ移動シタヨシ　当時　中等学校ノ生徒デ剣帯ニゲートルノ姿ハメヅラシカラズ

30・8・15
会寧ノ病院ニ負傷兵ヲ入院サセタトノコト　ツラツラ思フニ「富寧」ト「会寧」ノ誤リナルベシ　本日　終戦記念日

31・1・11
井出公太郎大尉　神戸デＢ29一六機ヲ撃墜ノ猛者ノヨシ　金鵄勲章ナリ　多分果敢ナ肉薄切リ込ミ戦ヲ敢行セシナラン　シカシ果タシテ年少ノ少年ヲ随伴セシカ

33・2・15
萬人ガ少年輜重隊ニ参加シタトイウガ同少年隊ガ切リ込ミニ参加シタトイウ証拠ナシ　タダ杳トシテ消息シレズ

33・4・29
敵前上陸ノ朝　中学生　天馬山付近ヲ「元寇」ヲ高唱シナガラ行進　目撃多シ
本日天長節

36・6・10
戦闘終了後ノ清津市内ノ日本人狩リノ際　埠頭ノ倉庫ニ小学生一名ガ収容サレテイタヨシ　名ハ片岡トイッタヨシ　体ハオオキカラズ　貧弱デアッタトイウ
38・8・10
映画「千里馬」ヲ見ル　ラクダ山　天馬山　清津港ノ風景ナツカシ
日朝国交オモシロカラズ　イツノ日カシゲトヲ探シニ行クベシ　必ズ行クベシ

シベリアから帰って二十九年間、通算三十三年間も、父は帰らぬ子を待って老いた。ノートの表紙裏に山口誓子の句が一句、走り書きされていた。

海に出て木枯らし帰るところなし

終章　生きたあかし

清津訪問を熱望していた善吉が亡くなってさらに十三年が過ぎた。依然として清津を訪問する機会は、特別の理由、特別の人に限られていた。そして終戦の後、四十五年を経た今日においても、萬人は帰らない。到底生きているとは思えなかった。

しかし、萬人の生きたあかしがいまここに、川口武の目の前にあった。

写真に写っているのは、昭和二〇年八月九日、爆撃で負傷した春田元雄こと李在元（イ・ジェウォン）に萬人が約束し、咸鏡山脈の渓谷でソ連軍の戦車隊に追われながら、別れにあたって朝鮮の少女李有珠（イ・ユウジュン）に渡されたハーモニカの袋に違いなかった。袋には「清津公立国民学校　福島萬人」と書いてあったはずである。

「どのような虫けらでも、この世に生きた以上その跡は必ずこの大地に残る。白亜紀のアンモナイトを見なさい。一億年前の化石、それも微生物の化石さえある。よくも悪くも生きざまを残すというが、お釈迦様は必ずあなたがたのその生きたあかしを残して覚えていてくれる」

長じて武がある寺に参禅したとき導師がこんな説話をしたことがあった。

「生きていたから跡がのこる」

武は豚田兵のつぶやきをあらためて思い出した。

この袋こそ、弱冠十二歳の少年の生きたあかしであり、少年らしい生きざまの刻印であると言ってよかった。文字通り大地に残された刻印であった。

それは実に半世紀の激動の空間を抜け、ふたたび親友川口武の目前に飛び出してきたものであった。


新聞記者の阿久津と別れて武は熱い感傷に胸を塞がれる思いで夜道を歩いた。

ゆうじゅんは亡くなったらしい。しかし春田元雄こと李在元は元気なのかもしれぬ。

近いうちに阿久津をなかにして会う日が来るかもしれない。

それにしても
清津公立国民学校第十三分隊隊長　福島萬人――

少年にしては太い声で「分隊ほちょうをとれー」と叫ぶ萬人。校門をざっくざっくと歩調をとって出ていく生徒の隊列。

熱球をかかえて走る萬人。喚声を上げて追う少年たち。ポプラ並木の緑の風。

校門の横に立たされて昂然とさらし者になっている萬人。

ゆるやかに敬礼する校長の西川。まるい頭。まるい体。

「けんか、けんかをしようぜ」怒鳴りながら防波堤を走る少年たち。夕陽。海のきらめき。白波をけたてる漁船。手を振る「春田」こと李在元。

萬人のささげる海洋少年団の団旗。白い水兵服と杖の隊列。

「新聞っ」パンツひとつの裸で遊郭街を走りまわる萬人の声。

「らくだ山」の尾根の岩峰に立った萬人。重畳たる山々。身をよじり炎上する街。

キラリと日本刀をふるう萬人。萬人を吸い込んだ咸鏡山脈の暗い峡谷。

走馬灯のようにめぐる思い出は、ついにそのまま閉校となり、卒業することのなかった武の清津公立国民学校時代そのものでもあった。

茫々四十五年の歳月の先に遠くなっていく少年時代への哀惜が、熱湯のように武の胸に溢れた。

参考文献・資料

『朝鮮終戦の記録』、森田芳夫著、巖南堂、一九六四年。

『第二次世界大戦史⑩関東軍の壊滅と大戦の終結』、ソ連共産党中央委員会付属マルクス・レーニン主義研究所編、川内唯彦訳、弘文堂、一九六六年。

『朝鮮の政治社会』、グレゴリー・ヘンダーソン、鈴木沙雄・大塚喬重訳、サイマル出版会、一九七三年。

『朝鮮歳時記』、許南麒著、同成社、一九八一年。

『慕情北朝鮮　写真集』赤尾覚編・構成、望郷出版、一九八四年。

『在外邦人引揚の記録』、毎日新聞社、一九七〇年。

『朝鮮の食べもの』、鄭大声著、築地書館、一九八四年。

『朝鮮の伝説』、金奉沛著、国書刊行会、一九七六年。

『大東亜戦史⑧朝鮮編』、富士書苑、一九六九年。

『わが青春の朝鮮』、磯谷季次著、影書房、一九八四年。

『日韓併合小史』、山辺健太郎著、岩波新書、一九六六年。

『日本統治下の朝鮮』、山辺健太郎著、岩波新書、一九六六年。

『襄陽　上・下』、日吉史郎著、ＡＡ出版、一九八七年。

『平和への遺言』、社団法人・北朝鮮地域同胞援護会（通称・全国清津会）、一九九五年。

『東山遺句集』、発行責任＝上野正見、二〇〇〇年。

大見悦之助（咸鏡北道道会議員）の手記。

あとがき

私は、生まれ故郷である北朝鮮の清津府の清津国民学校（小学校）で一年生から六年生までを過ごした。昭和一五（一九四〇）年から昭和二〇（一九四五）年までで、その大半が太平洋戦争に重なり、六年生だった二〇年八月、敗戦とともに、私たちが卒業することなく学校は消滅した。戦火の中、散り散りになった同級生との再会はいつまでも「清津小六年生の会」のままである。

清津の曹洞宗禅福寺住職だった父道順は昭和二〇年六月に四五歳で応召し、当時三五歳だった母はるのと生後六カ月の妹篤子は引き揚げの途中、厳寒の北朝鮮、元山で亡くなった。残された私たち兄妹と多くの孤児たちの引き揚げの記録は当時の激動する朝鮮の諸状況の記録とともに日吉史郎『襄陽』に詳述した。

本書に登場する福島萬人君は私の同級生であり、西川藤作校長、教師の豚田兵やカピタンも実在の人物である。川口武には、私自身と同級生の西村慶一君の体験が重なり合っている。立ち並ぶ遊郭、朝鮮のオモニを殴り飛ばした学校の農園、機雷爆破のあとでハーモニカを探した清津港の波止場など、今も目に鮮やかに思い浮かぶ。本書を書くにあたっては、私自身の体験に加えて、同じく清津から生還した引揚げ者によって今も新しく書き続けられている様々な体験記録(全国清津会発行『清津』など)や、その他参考文献にあたった。

地名や人名の読み方は、当時の私たちが日常使っていた日本語読みにしたがった。ただし、参考にかかげた地図には、現在使用している朝鮮語読みを付記してある。

福島萬人、川口武をはじめ国民学校の児童たちは、天皇中心、「お国のために」中心であった。「天皇陛下万歳」とは、死に臨んで言う言葉と暗記していた。特攻隊(神風特別攻撃隊)は、「人間イコール神」という「人神一体」の精華としてもてはやされた。沖縄では小学生が手榴弾を抱いて突撃したことを新聞が伝えていたし、総力戦にあっては、男性は勿論、女性も、それから子供たちも総力をふりしぼって、聖戦の目的に邁進しなければならないと教え込まれていた。

昭和二〇年八月九日のソ連参戦後、日ソ両軍が激突した清津とその周辺では、急遽召集された会社員や教師などのにわか兵士が国民服や学生服のまま、八月一五日の終戦の勅旨も伝えられず、八月一九日夜まで「天皇陛下万歳」と叫びながら圧倒的火力のソ連軍に対し捨て身の突撃を繰り返し、死体の山を築いた。その中には、少年義勇兵として参加した中学生も含まれていた。

北朝鮮在住の日本人（民間人）の一割約三万五千人が着のみ着のままで戦火をのがれ、引揚げの困窮の中で病死・餓死・凍死した。その殆どは老人や女性、子供たちの幼弱の非戦闘員で、私の母と妹もこの中にはいる。

私はそういう時代に育った。

いま、憲法九条を「改正」すべきであると声高に叫ばれ、改憲のスケジュールが提唱されている。軍隊を持つことを憲法上明記し、軍隊は防衛ばかりではなく他国に出かけて参戦することを明確にするという。敗戦の前後に北朝鮮で死亡した三万五千人余の人々の願いは何だったのか。帰らぬ息子を待ちつづけて老いていった福島善吉氏の思いは何だったのか。二度と再び戦争をしてはならない、ということではないのか。私には、今は亡き彼らの願いが、今次の戦争で命を喪った日本人約三百万人の願いとともに、朝鮮や中国など日本の侵略の犠牲となった約二千万人のアジアの人々への謝罪をこめて結実したものが、この日本国憲法ではないかと思われてならない。憲法九条を「改正」することは、六〇年経った今、もう一度彼らの命を否定することに他ならない。

私は、憲法九条「改正」に反対する。再び「お国のために」という日の丸・君が代強制教育に反対する。それは、あの時、軍国主義教育を受け、そして生き残った者の責任である。

この本は、一〇年以上前の平成三(一九九一)年に、サラリーマン生活の合い間を縫って書いた。その後、数回の脳内出血により失語症になったが、いささか回復したので、この度、手を入れて出版することにした。今は亡き福島善吉氏は、手記に「日朝関係オモシロカラズ　イツノ日ニカ　シゲトヲ探シニ行クベシ」と記した。生きている間に一度、清津国民学校のあのポプラの木の下に立ちたい、母や妹の眠る地に墓参したい、との私たちの思いも未だ叶えられていない。戦火の下での朝鮮人少年春田との交流は解決の途を考える一筋の光明でもある。一日も早く、朝鮮半島に住む人々と私たち日本人との歴史的和解が実現し、わだかまりなく往来できる日が来ることを願ってやまない。

病後病中の不自由な心身での本書の刊行は、妻登子と子供たち、多くの友人たちの励ましと援助なしではできなかった。

特に出版にあたっては、大学で同級生だった伊藤博義兄(元宮城教育大学長)や清津国民学校時代の友人、西村慶一兄、西川校長の御子息西川泰彦氏、藤美印刷社長佐藤良三・

佳子ご夫妻、そして何より花伝社の柴田章編集長、平田勝社長の御助力にお礼を申し上げたい。

二〇〇五（平成一七）年三月九日、七一歳の誕生日に

上野　正見

日本国憲法　前文（抄）

日本国民は、……われらとわれらの子孫のために、諸国民との協和による成果と、わが国全土にわたつて自由のもたらす恵沢を確保し、政府の行為によつて再び戦争の惨禍が起ることのないやうにすることを決意し、ここに主権が国民に存することを宣言し、この憲法を確定する。……

日本国民は、恒久の平和を念願し、人間相互の関係を支配する崇高な理想を深く自覚するのであつて、平和を愛する諸国民の公正と信義に信頼して、われらの安全と生存を保持しようと決意した。……

第九条【戦争の放棄、戦力及び交戦権の否認】

日本国民は、正義と秩序を基調とする国際平和を誠実に希求し、国権の発動たる戦争と、武力による威嚇又は武力の行使は、国際紛争を解決する手段としては、永久にこれを放棄する。

②前項の目的を達するため、陸海空軍その他の戦力は、これを保持しない。国の交戦権は、これを認めない。

上野正見（うわの まさみ）
1934年 朝鮮咸鏡北道《かんきょうほくどう》清津《せいしん》府《ふ》生まれ。
岩手県立盛岡一高、東北大学法学部卒業。
日本債券信用銀行(旧)勤務、コンピューターサービス会社役員など。

著書
『襄陽《じょうよう》—元山の孤児達と朝鮮の終戦—』(上・下、日吉史郎のペンネームで)、
1987年、AA出版社。

小説　北朝鮮・清津国民学校

2005年3月9日　初版第1刷発行

著者　上野正見
発行者　平田　勝
発行　花伝社
発売　共栄書房
〒101-0065　東京都千代田区西神田2-7-6 川合ビル
電話　03-3263-3813
FAX　03-3239-8272
E-mail　kadensha@muf.biglobe.ne.jp
URL　http：//www1.biz.biglobe.ne.jp/~kadensha
振替　00140-6-59661
装幀　澤井洋紀
印刷・製本　モリモト印刷株式会社

ISBN4-7634-0435-0 C0036